신입사원
스파이입니다

신입사원 스파이입니다

알콩달콩 뚱딴지네 지음

좋은땅

작가의 말

"비상계엄을 선포합니다."

한강 작가의 한국인 첫 노벨문학상 수상에 쏟아진 박수가 채 멎기도 전에, 갑작스레 비상계엄이 선포되었고, 계엄사령부는 포고령 제1호를 통해 출판의 자유를 제한했습니다.

그런데 왠지 못 하게 하면 괜히 더 하고 싶어지는 게 사람 마음이죠.

글 한 줄 써 본 적 없는 저였지만, 출판의 자유가 사라지는 순간, 저는 청개구리처럼 이 소설을 쓰기 시작했습니다.

"꼰대"

바로 이 단어 하나에서 이야기는 시작됐습니다.

이 소설은 북한에서 파견된 최정예 스파이가 남한의 공공기관에 위장 취업해 임무를 수행하려다, 오히려 북한보다 더 기형적인 남한의 꼰대식 직장 문화를 마주하며 혼란과 좌절에 빠지는 이야기입니다.

북한이라는 권위주의적 사회에서 자라 온 인물이 남한의 권위주의적 문화에 놀라는 아이러니. 그 아이러니를 통해 저는 "과연 우리가 더 나은 사회에 살고 있는가?"라는 질문을 유머와 냉소가 뒤섞인 블랙코미디 형식으로 던지며, 우리 사회의 민낯을 적나라하게 드러내고 싶었습니다.

"현실보다 더 현실 같은 이야기."

소설의 배경은 픽션이지만, 그 안에 담긴 장면들은 실제로 있었던 일, 혹은 충분히 있을 법한 일들로 구성되었습니다. 익숙하면서도 낯선 이 소설이, 독자 여러분께 작은 질문 하나쯤은 던질 수 있기를 바랍니다.

"끝으로,"

이 책을 읽어 주신 독자 여러분께 진심으로 감사드립니다.

그리고 저의 허접한 글이 책으로 나오는 데 도움을 주신 모든 분들께도 깊은 감사를 전합니다.

무엇보다 지금 이 순간에도 대한민국 어딘가에서 '꼰대 문화'에 고군분투하고 있을 모든 직장인들에게, 이 책을 바칩니다.

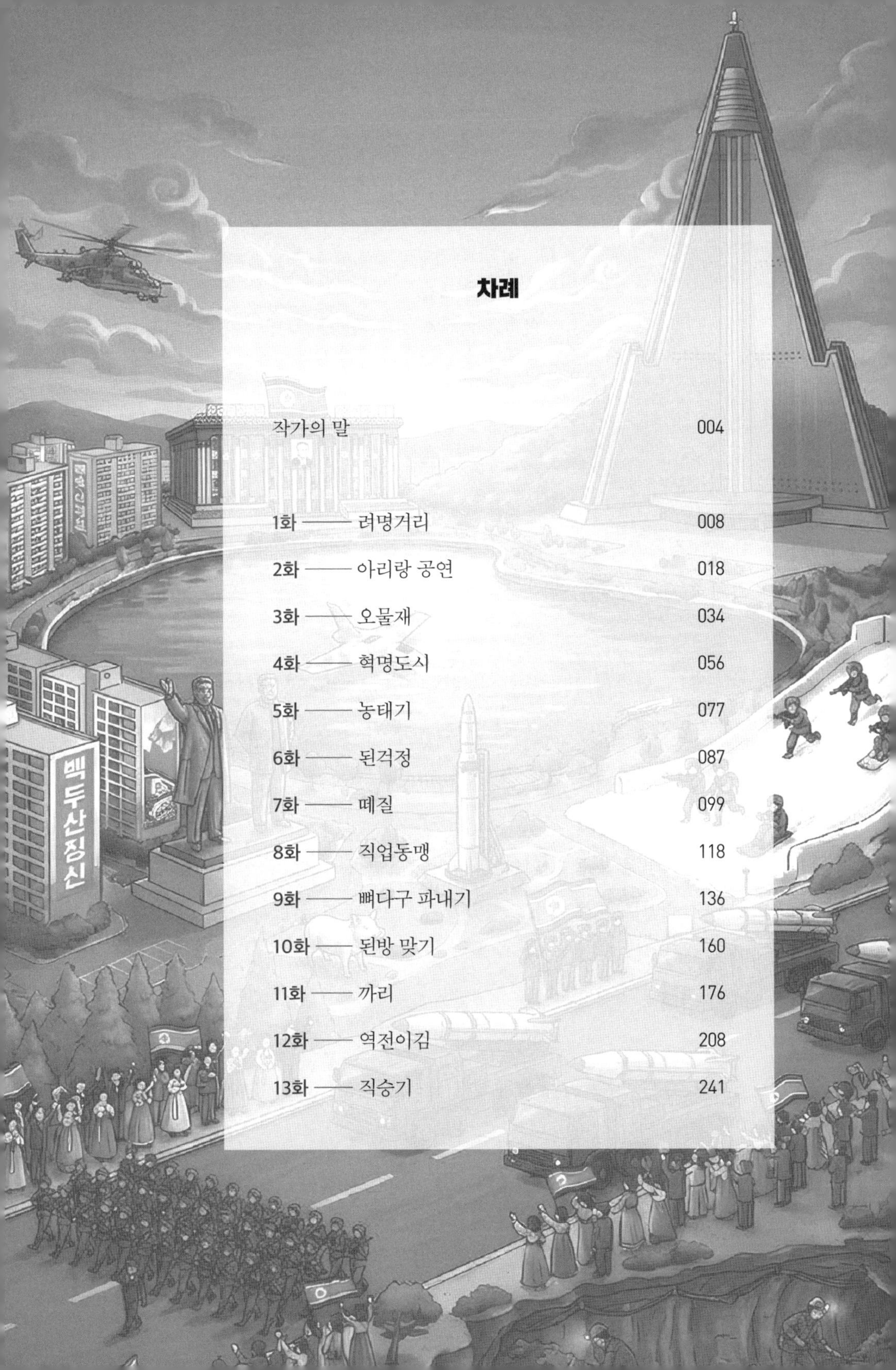

차례

1화

려명거리

*** 려명거리: 북한 평양의 신도시**

"콰앙~"

금속의 깊은 떨림이 지하의 침묵을 깨뜨렸다. 강철이 마찰하는 소리, 묵직하게 울리는 기계음.

지하 50m, 한밤의 어둠 속에서 엘리베이터가 천천히 움직이기 시작했다. 검은 공간을 가르며 올라오는 작은 금속 박스. 그 안에는 단 한 사람이 서 있었다.

짙은 눈썹과 균형 잡힌 어깨, 굳은 턱선을 지닌 20대 후반의 남자가 엘리베이터 출입문을 응시하고 있었다. 숨결마저 고르게 내쉬는 그는, 한 치의 흐트러짐도 없이 서 있었다. 그 모습은 마치 어둠 속의 침묵처럼 고요하고, 기계처럼 정확했다.

엘리베이터는 목적지를 향해 느리지만 일정한 속도로 상승하고 있었다. 그 속에서 그는 문득 북한에서의 생활이 떠올랐다.

그는 어릴 적 부모에 대한 기억이 없다. 머릿속에는 희미하게 날 듯 말 듯한 몇 조각의 잔상만이 떠다닐 뿐이었다. 그의 기억 속에서는 언제나 이모가 그를 키웠고, 그녀는 그의 삶에서 유일한 가족이자 세상의 전부였다.

부모 없이 자라면서도 그는 일찍부터 총명함을 드러냈다. 주변에서는 자연스레 '신동'이라는 말이 따라붙었고, 또래보다 체력도 뛰어나 지치지 않고 집중하는 데 탁월했다. 북한의 초등학교인 소학교 시절부터 수학과 과학에 두각을 나타냈고, 그 재능을 인정받아 과학영재학교인 금성제1중학교에 입학했다.

금성제1중학교는 북한 내에서도 극소수만이 입학할 수 있는 정예 기관으로, 국가에서 특별히 선발된 학생들에게 최고급 사양의 컴퓨터가 제공된다. 그는 그곳에서 본격적인 컴퓨터 교육을 받으며, 자신의 진로를 점점 더 분명하게 그려 나갔다.

그가 택한 길은 바로 '해커'였다. 북한에서 해커는 단순한 기술자가 아니라, 국가의 전략 자산으로 분류되는 '최고 엘리트'이다. 전 세계 인터넷망의 허점을 파고들어 거액의 외화를 해킹해 들여오는 이들은, '영웅' 칭호와 함께 각종 특권이 주어진다.

그 역시 그 대열에 합류하기 위해 누구보다 절실하게 노력했다. 결국 그는 북한 최고의 명문인 김일성종합대학에 진학해 해킹 기술을 체계적으로 익혔고, 졸업 후에는 북한군 총참모부 산하의 해킹 부대에 배치되었다. 거기서 그는 국제 금융 시스템, 암호화폐 거래소, 해외 기반시설을 겨냥한 침투 작전에 참여하며 실전 경험을 쌓았고, 수백만 달러 규모의 외화를 벌어들이는 등 그 실력을 인정받았다.

하지만 모든 것을 흔든 사건이 일어났다. 그의 이모가 암에 걸린 것이다. 그가 살던 평양에도 병원은 있었지만, 치료는 '높으신 분들'의 전유물이었다. 그의 이모는 우선순위에서 밀려 입원조차 불가능했고, 그는 무력감에 빠졌다.

방법을 찾아 헤매던 그에게 어느 날, 고위 간부가 비밀스러운 제안을 건넸다.

"남조선에 가서 특별 임무를 수행하면, 이모를 병원에 입원시켜 주겠다."

남한에서 활동할 요원을 물색하던 중, 실력은 물론 남한에서 활동할 수 있는 외모까지 완벽히 조건을 갖춘 인물은 그가 유일했던 것이다.

그는 단 한순간도 망설이지 않았다. 이모를 위해서라면 무엇이든 할 수 있었다. 제안을 수락한 이후, 그는 곧바로 남한 활동을 위한 특수 훈련을 받게 되었다. 그가 남쪽으로 출발하던 그날, 그의 이모도 마침내 병원에 입원할 수 있었다.

엘리베이터 벽면을 가득 채운 스크린에서는 '우주 체험' 영상이 끊임없이 재생되고 있었다. 은하수가 뻗어 나가고, 성층권을 돌파하는 우주선이 거대한 화면 속에서 요란하게 진동했다. 하지만 그것은 어디까지나 일반인을 위한 연출이었다. 엘리베이터는 평상시엔 단순한 체험형 시설로 작동했지만, 특정한 코드를 입력하면 동작하는 숨겨진 기능이 있었다.

그 기능은 지하 50m까지 내려가, 북한이 수십 년에 걸쳐 완성한 길이 400km의 비밀 땅굴 끝자락에 도달하는 것이었다. 개성에서 시작된 이 땅굴은 간이 모노레일을 타고 종점까지 이동하는 데만 이틀이 걸렸고, 그 종점은 전라남도 나주혁신도시 호수공원 지하에 위치해 있었다.

땅굴 위에 지어진 나주혁신도시 홍보관은 그저 혁신도시를 소개하기 위한 평범한 공공 건물처럼 보였다. 홍보관의 입장료는 무료였고, 나주혁신도시 조성 과정이 전시된 컨텐츠는 너무 재미있지도 재미없지도 않아 큰 이목을 끌지 않았다. 가끔 관광객들이 나주혁신도시의 전경을 보기 위해 배메산 전망대에 오르는 길에 들렀다가 스쳐 지나가곤 했고, 간혹 공무원들이 단체로 견학을 오는 일도 있었다.

다만, 건물 옥상에 자리 잡은 거대한 통풍구는 어딘가 이상했다. 건물의 규모에 비해 지나치게 크다는 인상을 주었고, 실제로 그것은 땅굴 내부의 공기를 지상으로 끌어올리고, 외부의 공기를 지하 깊숙이 밀어 넣는, 땅굴의 핵심 장치였다.

아무도 접경지역이 아닌 이곳이 전략적 침투의 경로라고는 상상하지 못했다.

지금 그는, 그 경로를 통해 지상으로 올라오는 중이었다.

엘리베이터가 점점 지상에 가까워지자, 기압이 서서히 바뀌며 남한의 공기가 틈새로 스며들었다. 그는 말없이 그 감각을 느꼈다. 지하의 축축하고 차가운 공기와는 분명히 다른, 익숙지 않은 냄새였다.

“덜컥!”

엘리베이터가 멈췄다. 철문이 부드럽게 열리고, 불 꺼진 홍보관 내부의 적막이 그를 맞이했다. 야간, 문이 닫힌 홍보관 안은 인적 하나 없이 조용했고, 가끔 방범 조명에 벌레가 부딪히는 소리만이 공간을 가볍게 울렸다.

그는 조용히 문 밖으로 발을 내디뎠다. 그리고 한순간, 고개를 들어 지상의 차가운 공기를 온몸으로 느꼈다. 진짜 남한 땅에 서 있다는 감각이 피부로 와닿았다.

그가 사전에 익힌 정보에 따르면, 나주혁신도시는 조선시대 전라도의 중심지였던 ‘나주’와 호남의 광역 도시인 ‘광주’ 사이에 조성된 계획 도시였다. 남한 정부는 공공기관들을 강제로 서울에서 이곳으로 이전시켰고, 그 결과 한전, 농어촌공사 등 여러 기관들이 서울을 떠나 나주혁신도시에 자리 잡았다.

그는 그 정보를 토대로 자연스레 첨단 도시의 야경을 상상했다. 화려한 조명이 번쩍이고, 유리로 된 고층 빌딩들이 줄지어 늘어선 풍경. 그는 문명 세계에 도착한 자신의 모습을 그려 보며, 기대감을 품고 있었다.

하지만 눈앞에 펼쳐진 현실은 그의 상상과는 완전히 딴판이었다. 딱딱하고 삭막한 외관의 공공기관 건물들은 마치 서로 먼저 자리 잡겠다는 듯 엉뚱한 방향을 향해 흩어져 있었고, 그 사이를 메운 건 초록과 빨강 같은 원색으로 덧칠된 아파트 단지들이었다. 아파트 건물 외벽에는 정체를 알 수 없는 큼지막한 닭이 그려져 있었고, 그 표정 없는 닭은 마치 그를 지켜보는 듯해 섬뜩한 기분마저 들게 했다.

그는 그 풍경을 잠시 바라보다가 눈을 찡그렸다. 이건 마치 알록달록한 평양의 신도시, '려명거리'를 어설프게 따라 한 듯한 기이한 모습이었다.

그는 정말 이곳이 남한이 맞는지 의심스러웠다. 남한에 오면 문명의 숨결이 느껴질 줄 알았는데, 이건 그가 떠나온 도시와 그리 다르지 않았다.

오히려 더 불쾌했다. 평양에서는 맡아 본 적 없는, 코를 찌르는 듯한 축사 냄새가 코끝에 들러붙어 떨어질 줄을 몰랐다. 숨을 들이쉴 때마다 돼지인지 닭인지 모를 분뇨 냄새가 폐 깊숙이 스며들었다.

108
108
120
115
120
108
115

'이게 자본주의의 냄새란 말인가?' 그는 벌써부터 이 체제에 회의를 느끼기 시작했다.

그는 자신이 상상했던 남한의 모습과는 전혀 다른 풍경에 살짝 놀란 마음을 가라앉히며, 천천히 숨을 고르고 걸음을 옮겼다.

그의 임무는 단 하나였다.

남한의 행정망을 담당하는 한국인트라넷진흥원(Korea IntRanet Agency), 바로 나주혁신도시에 위치한 KIRA에 위장 취업해 남한 행정망의 구조를 확보하는 것.

북한은 2013년 3월 20일, 남한의 주요 방송사와 금융기관을 대상으로 대규모 악성코드 공격을 감행해 전산망을 마비시켰다. '3.20 사이버 공격'으로 불리는 이 사건은 수십만 대의 컴퓨터가 동시에 다운되고 ATM기까지 정지되는 등, 남한 사회 전반에 큰 충격을 안겼다.

그 이후, 북한은 남한의 국가 행정망 전체를 마비시킬 수 있는 더 정교한 사이버 공격을 계획하고 있었다. 하지만 남한의 행정망은 지나치게 복잡했기에 외부에서는 내부 구조를 좀처럼 파악할 수 없었다. 그 구조를 손에 넣는 것. 그것이 바로 그의 임무였다.

그러나 그에게 이 임무는 단순한 명령이 아니었다. 그가 성공하지 못하면, 다시는 이모를 볼 수 없다. 남한에서 돌아오지 않거나, 임무가 실패로 끝나는 순간 병원 침대 위에 누워 있는 이모의 치료도 함께 중단될 것이다.

이모는 그에게 전부였다. 세상에 단 하나뿐인, 가족이라 부를 수 있는 유일한 존재.

그녀를 위해서라면, 이 임무는 반드시 성공해야 한다. 어떤 대가를 치르더라도.

남한에서 그를 위한 신분은 이미 완벽히 준비되어 있었다.
그의 새로운 이름은 '서파이'. 세계 최정예 해킹 기술로 KIRA 신입사원 명단에 아무 흔적 없이 그의 이름이 삽입되었다.

그의 발걸음은 이제 KIRA를 향하게 될 것이다.

그곳에서 무엇을 마주하게 될지는, 아무도 알 수 없다.

작전은, 이미 시작되었다.

2화

아리랑 공연

*** 아리랑 공연: 평양 릉라도5월1일경기장에서 수만 명이 참여해 집단 체조와 카드섹션으로 북한의 역사와 체제를 선전하는 대규모 예술 공연**

2015년 2월 10일, 아침 9시. 나주역 광장.

어딘지 낡고 조용한 시골역 앞, 잔디밭 한가운데 'KIRA 신입사원 연수 집결지'라는 깃발이 바람에 흔들리고 있었다. 전국 각지에서 모인 신입사원들이 하나둘 모여들었고, 그들 대부분은 검은 정장을 입고 있었다. 광택 없는 구두에 단정한 머리까지. 멀리서 보면 마치 장례식장에 단체로 조문을 온 듯한 모습이었다.

커피를 마시며 하품하는 이, 초조하게 시계를 보는 이, 눈치만 살피는 이들 속에서 서파이는 조용히 주변을 살폈다.

'취업은 복권 당첨'이라는 세상에서 어렵사리 들어온 이들이지만, 기쁨보단 어색함과 긴장만이 감돌았다.

"자, 버스 도착했습니다! KIRA 신입사원 여러분, 탑승해 주세요!"

연수 담당 직원이 활기차게 외쳤다.

출석체크를 마친 신입사원들은 줄지어 버스에 올랐다. 잠시 뒤, 운전기사가 시동을 걸었고, 버스는 둔탁한 진동과 함께 천천히 움직이기 시작했다. 창문 너머 뒤로 밀려나는 풍경이 서서히 시야를 채워 갔다.

차창 밖으로는 겨울빛을 머금은 영산강이 조용히 흘렀고, 언덕 위로는 오래된 기와지붕이 고요히 모습을 드러냈다. 차량이 영산포에 가까워질 즈음, 버스 안에 스멀스멀 익숙지 않은 냄새가 퍼졌다.

홍어였다.

시큼하고 발효된 듯한 향이 창문 틈을 비집고 들어와 코끝을 찔렀다.

"어우, 여기 냄새 진짜 세네…"

"진짜 나주 맞나 보다."

몇몇 신입사원들이 얼굴을 찡그리며 웃었다.

"혹시 이 연수… 소문 들었어요?"

버스 맨 뒤편에 앉아 있던 신입사원 박정의가 낮은 목소리로 말을 건넸다.

"마지막 밤에… 이상한 의식 같은 걸 한다던데…"

그러자 누군가는 헛기침을 했고, 누군가는 모른 척 창밖을 바라보았다.

이윽고 버스는 드들강을 따라 굽이진 시골길을 달려 연수원에 도착했다.

신입사원
연수

연수원은 생각보다 훨씬 근사했다. 잔디밭은 가지런했고, 붉은 벽돌 숙소는 정갈했다. 나무 데크엔 하얀 파라솔이 세워져 있었고, 강을 마주한 뷰는 가족 리조트처럼 한가로워 보였다. 꽁꽁 얼어붙은 드들강 위로는 고양이가 걸어 다니고 있었다. 그러나 그 평화로움은 묘하게 불안했다.

연수원에 도착한 이후, 신입사원 전원이 강당에 모였다. 강당은 형광등 아래 희뿌연 공기로 가득했고, 낯선 사람들이 나누는 웃음은 어딘가 어색하고 가벼웠다. 둥근 조명 아래, 하나둘 이름이 불리면 신입사원들은 무대 앞으로 나가 차례로 자기소개를 했다.

"제 이름은 박정의입니다. 특기는… 자고 일어나도 멀쩡한 머리 스타일입니다."

작은 웃음이 터졌다. 박정의는 서파이와 동갑이었고, 그 뒤를 이어 서파이가 불렸다.

서파이는 조용히 걸어 나가 단정하게 말했다.

"서파이입니다. 서울 출신입니다."

뻔한 소개였지만, 지나치게 튀지도, 부족하지도 않았다. 짧고 또렷한 말투에 몇몇은 고개를 끄덕였고, 조용한 공기가 다시 흘렀다.

다음으로 조금은 밝은 표정의 여성이 무대 앞으로 걸어 나왔다. 약간 긴장한 듯 손끝을 모은 그녀는 또박또박 입을 열었다.

"안녕하세요. 저는 광주에서 온 최애순입니다. 서울말 쓰려고 노력 중

인데… 가끔 전라도 억양이 튀어나올 수도 있어요. 이해해 주시죠잉?"

마지막 말에 신입사원들의 웃음이 터졌고, 그녀도 따라 웃으며 가볍게 목례했다. 그녀는 서파이보다 두 살 아래였고, 붙임성이 좋아 보였다.

다음 순서로는 애니메이션 '라바'의 캐릭터를 연상시키는, 머리가 살짝 벗겨지고 금속테 안경을 쓴 남자가 나왔다. 언뜻 보면 신입이라고는 믿기 어려운 비주얼이었지만, 그는 두 손을 입에 모아

"저도 호남 사람입니다! 우리 서로 사랑합시다."라고 외치며 활기차게 자기소개를 시작했다.

여기저기서 반가운 웃음이 터져 나왔다. 실제로 신입사원들 중에는 전라도 출신이 많은 편이었다. 이는 공공기관이 해당 지역 대학 출신 인재를 전체 채용 인원의 30% 이상 선발하도록 의무화한 '지역인재 채용 정책'의 영향이었다.

자기소개는 계속 이어졌고, 서파이는 조용히 주변의 말투와 표정, 억양, 몸짓 하나하나를 관찰하고 있었다. 그는 지금, 이 조직의 문화를 조용히 몸에 새기고 있었다.

자기소개 후, 2주간의 일정표가 배부되었다. 일정표에는 회사 소개, 예절 교육, 업무 교육, 팀워크 향상 등 그럴듯한 항목들이 나열되어 있었지만, 실제로 연수 대부분의 시간은 마지막 밤 임원 대상 '재롱잔치' 준비에 집중될 것이라고, 연수 담당 직원이 슬쩍 귀띔했다.

신입사원들은 매일 새벽 6시에 기상해 구보로 하루를 시작했다. 오전에는 졸린 눈을 비비며 형식적인 강의를 들었으며, 오후부터는 조별로 나뉘어 재롱잔치 준비에 매달렸다.

남자 신입사원들은 '절대복종'을 주제로 카드섹션을 준비하고 있었다. 강의실 한쪽 벽으로 책상과 의자를 밀어 넣은 뒤, 가운데 빈 공간에 일렬로 서서 동작을 맞췄다. "상사의 명령에 절대 복종한다!"라는 대사를 외치는 장면에서는, 처음엔 모두 입술을 깨물며 웃음을 참았지만, 어느 순간부터는 표정이 하나둘 사라졌다.

카드섹션에 사용할 팻말에는 '복종', '충성', '성실' 같은 단어들이 정갈하게 적혀 있었다. 조장 역할을 맡은 동기는 진지한 표정으로 호루라기를 불며 타이밍을 조율했고, 팻말이 바뀔 때마다 신입사원들의 움직임은 점점 더 일사불란해져 갔다.

반대편 강의실에서는 여자 신입사원들의 음악이 새어 나오고 있었다. 비트감 있는 최신 걸그룹의 음악이 반복 재생됐고, 연습은 끊임없이 이어졌다. 그녀들은 짧은 치마를 입고 진한 화장을 한 채 거울 앞에 줄지어 섰다. "하나, 둘, 셋!" 조장의 구령에 맞춰 골반을 튕기고 손짓을 정리하는 그들의 얼굴에는 점점 감정이 사라졌다. 안무가 틀릴 때마다 누군가는 머리를 감싸 쥐었고, 누군가는 씁쓸하게 웃었다. 표정은 웃고 있었지만, 눈빛은 이미 지쳐 있었고, 몸은 기계처럼 움직이고 있었다.

신입사원들은 성별로 나뉜 단체 공연 외에도, 각자의 재능을 살려 3~4가지의 개별 공연을 따로 준비하기로 했다. 개인이나 팀을 이뤄 선보일 무대를 위해, 댄스 동아리 출신들은 화려한 퍼포먼스를 기획했고, 노래에 자신 있는 이들은 직접 라이브 무대를 준비했다.

이번 공연의 숨은 '킥'은 따로 있었다. 전체 신입사원들이 KIRA의 '나카산 원장'을 위한 특별 무대를 준비하기로 한 것이다.

나카산은 대통령의 단골 술집 사장 출신으로, 10년치 외상값을 포기한 대신 공공기관장 자리를 받았다는 풍문이 돌고 있었다. 그는 지난해 국정감사에서 한 야당 국회의원이 "ICT 전문성이 부족하다."고 지적하자, "술집 POS도 ICT입니다!"라며 언성을 높였던 장면으로 널리 회자됐다.

신입사원들은 나카산 원장의 프로필을 분석하고, 온갖 아이디어를 쥐어짜며 특별 무대를 준비했다.

그런 준비 열기가 이어지는 동안 취침 시간만이 신입사원들에게 공식적으로 주어진 유일한 휴식 시간이었다. 그러나 재롱잔치가 가까워질수록 취침 점호는 점점 늦어졌고, 때로는 생략되기까지 했다. 신입사원들의 얼굴에는 피로가 그림자처럼 내려앉았고, 말 대신 눈빛만 오가는 시간이 길어져 갔다.

재롱잔치 연습이 계속될수록, 서파이의 머릿속 어딘가에서 묘한 기시

감이 반짝였다. 일사불란한 동작, 감정이 지워진 얼굴, 기계처럼 반복되는 구호. 팻말을 들고 구호를 외치며 음악에 맞춰 움직이는 이 장면. 어디서 본 듯했다.

'이거 완전 아리랑 공연이잖아.' 서파이는 속으로 중얼거렸다.

그는 남한 공공기관의 신입 연수가 북한의 기초 군사훈련보다 더 힘들 줄은 예상하지 못했다. 하지만 아직은 버틸 수 있었다. 특수 훈련으로 단련된 신체, 그리고 감정을 배제한 채 명령에 복종하는 법을 몸에 익힌 정신력이 그를 버티게 하고 있었다.

일정은 고되고 부조리했지만, 그 속에서 동기들끼리는 조금씩 말문이 트이고 친밀해졌다. 밤늦게까지 함께 소품을 만들고, 몰래 간식을 나눠 먹으며 서서히 정이 쌓여 갔다. 처음엔 어색했던 사이도 어느새 서로의 말끝에 장난을 얹을 정도가 되었다.

"우리 지금… 도대체 뭐 하는 걸까?"라는 자조 섞인 농담에도 이젠 웃음이 따라붙기 시작했다. 그때, 간식을 먹던 최애순이 봉지에서 과자를 하나 꺼내 들며 환하게 말했다.

"동기들끼리 친해질 수 있다니, 이거 완전 럭키비키잖아!"

순간, 모두가 피식 웃었고 누군가는 "진심이야?"라며 놀렸지만, 그 말이 어쩐지 꽤 진심 같다는 데에 이견은 없었다.

연수 5일 차, 강의실에는 묘한 정적이 흘렀다. 프레젠테이션 화면 위에는 큼지막한 글씨가 떠 있었다.

'KIRA 신입사원을 위한 비즈니스 기본 예절'

강사는 정장을 단정하게 차려 입은 30대 초반의 남성이었다. 지나치게 정확한 표준어 발음과 어딘가 훈련된 듯한 인공적인 미소가 인상적이었다.

"자, 먼저 인사입니다. 허리를 30도 정도 굽히고, 눈을 마주치며 밝게 인사하세요. 고개는 1초 이상 숙이되 너무 오래 숙이면 부담스럽게 보일 수 있습니다."

모두가 실습을 시작했다. 서파이는 옆자리에 앉은 박정의와 마주 보며 어색하게 고개를 숙였다.

"안녕하십니까, 신입사원 서파이입니다."

"네, 반갑습니다. 신입사원 박정의입니다."

고개 숙임, 시선 맞춤, 어깨 각도. 강사는 마치 로봇의 자세를 교정하듯 연신 지적을 이어 갔다.

"명함은 오른손으로 건네고, 왼손은 명함 케이스를 받쳐 줍니다. 받은 명함은 바로 넣지 말고 잠시 읽어 본 뒤 테이블 위에 두는 게 예의입니다."

곧 이어진 슬라이드에는 회의실 배치도가 나타났다.

"회의실 상석은 문에서 가장 먼 자리입니다. 상사나 VIP가 앉는 곳이고, 문 가까운 쪽은 막내 자리죠."

술자리 예절에 이르자 분위기는 더 조용해졌다.

"술을 따를 땐 두 손으로, 고개는 살짝 숙이고 라벨은 손으로 가려야 합니다.

상사가 따라 줄 땐 잔을 두 손으로 받고, 바로 마시되 너무 급하게 마시면 부담스러울 수 있어요."

자동차 예절은 도식화된 그림과 함께 설명되었다.

"차 뒷좌석 오른쪽이 상석입니다. 보조석은 막내가 타는 자리죠.

상사가 타기 전엔 문을 열고 기다려야 하고, 내릴 땐 먼저 내려 상사의 문을 열어 주는 것이 기본입니다."

전화 예절 항목은 짧고 단정했다.

"전화를 걸 땐, 소속과 이름을 먼저 밝힌 후 목적을 말합니다.

통화가 끝날 때는 '감사합니다.'를 반드시 덧붙이세요."

이메일과 메신저 예절은 강사가 특히 중요하게 짚고 넘어간 항목이었다.

"이메일 수신자 입력 시 수신자는 직급이 높은 순부터 입력해야 합니다. 제목은 구체적으로. 첨부파일 누락 주의하세요.

그리고 업무용 메일이나 메신저에선 이모티콘을 가급적 사용하지 마세요. 'ㅎㅎ'나 'ㅜㅜ' 같은 표현은 비즈니스에는 어울리지 않습니다."

마지막으로 VIP 의전에 대한 설명이 이어졌다.

"VIP와 함께 걷다 문을 마주쳤을 경우, 미는 문은 내가 먼저 밀고 들어갑니다. 당기는 문은 내가 열고, VIP가 지나갈 때까지 문을 잡고 있어야 합니다."

강의의 결론은 강사의 마지막 말이었다.

"하지만 가장 중요한 건… 상사의 마음입니다."

그는 웃는 듯한 표정을 지으며 말을 이었다.

"여러분이 배운 내용과 다르게 여러분의 상사가 '여기에 앉겠다'라고 하면, 그 자리가 바로 진짜 상석입니다."

강의실 곳곳에서 작게 숨죽인 웃음이 퍼졌다. 그러나 누구도 대놓고 웃지 않았다. 그들 모두 알고 있었다. 이건 단순한 농담이 아니라, '진짜 룰'이라는 것을.

BUSINESS
ETIQUETTE

연수 8일차, 연수원 강의실 문이 삐걱 소리를 내며, 낯선 인물이 들어섰다.

구겨진 셔츠 위에 붉은 조끼를 걸친 그는, 머리숱은 정수리까지 밀려나 있었고 배는 셔츠 단추가 당겨질 만큼 불룩하게 나와 있는 중년 남자였다. 느릿한 걸음이었지만 눈빛은 매서웠다. 방 안을 가볍게 스캔하는 그의 시선은 익숙한 듯 노련했다.

"자, 조용히 해 주시고요. 저는 KIRA노동조합 노동팔 위원장입니다."

그는 3년 임기의 노조 위원장을 벌써 세 번째 맡은, 7년 차 위원장이었다. 말투는 느긋했지만 뉘앙스엔 묘한 압박감이 실려 있었다.

그리고 곧장 본론으로 들어갔다.

"우리 KIRA에는 유니온숍 제도가 도입되어 있습니다. 쉽게 말하면, 입사와 동시에 자동으로 노동조합에 가입된다는 뜻입니다. 선택이 아닙니다. 의무입니다."

신입사원들 사이에 웅성임이 일었지만, 노동팔은 아랑곳하지 않고 말을 이었다.

"조합비는 월급의 3%입니다. 매달 급여에서 자동 공제되니, 따로 신경 쓸 필요는 없어요."

신입사원들 사이로 가벼운 술렁임이 퍼졌다. 어느 한 신입이 조심스럽게 물었다.

“조합비는… 어디에 쓰이나요?”

노동팔은 웃지도 찡그리지도 않은 얼굴로 대답했다.

“가끔 선물도 드리고, 사내 게임대회도 열고… 뭐, 다 여러분을 위해 쓰입니다. 일 년에 한 번 회계감사를 받으니, 여러분이 세부 내역까지 궁금해할 필요는 없어요. 그냥 그렇게 알고 계세요.”

잠시 뒤, 또 다른 신입이 조심스레 손을 들었다.

“혹시… 탈퇴는 가능한가요?”

노동팔은 그를 한참 바라보다 피식 웃었다.

“유니온숍이 뭔지 잘 모르나 보네요. 노조에서 탈퇴하면, 회사에서도 해고당할 수 있는 제도입니다.

여긴 임원이나 인사팀을 제외한 모든 직원이 조합원입니다. 노조 없는 회사생활? 글쎄요, 이 회사에선 상상도 못 할 얘기죠.”

그는 마치 자기 세상에서의 룰을 설명하듯 자연스럽게 말하고 있었다.

서파이는 그 모습을 보며 문득 북한 장마당을 떠올렸다. 시장에서 상인들에게 “우리가 널 지켜 줄게”라며 보호비를 걷던 깡패들. 그들의 논리는 단순했다. 지켜 주는 대신 돈을 내라. 물론 그 ‘보호’는 선택이 아니라 의무

였고, 거부란 있을 수 없었다.

그리고 지금, 이곳 KIRA의 노조 위원장이라는 사내가 비슷한 말을 하고 있었다.

3화
오물재

* 오물재: 쓰레기의 북한말

연수 막바지. KIRA 본부장 박곤대가 '격려'랍시고 강의실에 등장했다. 분위기는 싸늘했지만, 그 혼자만은 따뜻했다. 그는 처음 보는 신입사원들 앞에서도 거리낌 없이 반말을 툭툭 던지며 입을 열었다.

"나 때는 말이야, 회의 자료도 손으로 썼어. 팔에 쥐가 나도 하루에 열 장은 거뜬히 썼지. 요즘 애들은 버튼만 딸깍 누르면 프린터에서 바로 인쇄되어 나오니까 고생을 몰라."

그는 이어서 전설의 밤샘 근무 무용담, 윗사람에게 '술 따르기 스킬'로 승진한 비결 등 어처구니없는 자랑까지 늘어놓았다. 요약하자면 '나는 불합리 속에서 살아남은 사나이'라는 한 편의 시대착오적 셀프 다큐였다.

자기 자랑을 한껏 늘어놓은 뒤, 박곤대는 천천히 고개를 돌렸다. 시선은 먼저 여자 신입사원 전체를 훑으며 천천히 이동했다. 그러다 마치 진열된 상품 중에 마음에 드는 걸 고르기라도 하듯, 하나하나를 비교하듯 바라보며 머뭇거리더니, 결국 한 명에게 시선을 고정시켰다.

그는 먼저 그녀의 얼굴을 뚫어지게 바라보다가, 시선을 아주 느리게 아래로 내렸다. 이마, 눈, 입술, 목선을 지나 상체, 허리, 다리, 발 끝까지, 끈적한 시선으로 천천히, 천천히 훑어보았다.

그러곤 느닷없이 입을 열었다.

"어이, 이 친구 예쁘네? 남자친구 있어? 혹시 나처럼 인생 좀 살아 본 애인은 어때?"

강의실 공기가 순식간에 얼어붙었지만 그는 아랑곳하지 않았다. 사람들의 표정을 살피더니, 능청스럽게 웃으며 말을 덧붙였다.

"아이, 농담이야 농담. 웃자고 한 소리에 왜 이렇게 정색을 해."

그의 등 뒤, 강의실 벽에는 커다란 포스터가 붙어 있었다.

'상대가 불쾌하면, 그건 성희롱입니다.'

밝은 색 배경 위에 양손으로 엑스자 표시를 한 남녀 직원의 이미지까지 곁들여진 그 포스터는, 지금 이 순간 박곤대가 하고 있는 말과 더없이 대비를 이루고 있었다.

그날 오후. 연수원 대강당에는 이른 시간부터 조명이 켜졌고, 스피커에선 잔잔한 저음의 배경음악이 흘러나오고 있었다. 앞줄에는 정장을 차려입은 임원들이 자리를 잡고 있었고, 뒤편에는 연수 담당 직원과 몇몇 선배 직원들이 조용히 앉아 있었다. 임원들은 팸플릿을 넘기며 "오늘 뭐 보여 준대?", "작년보다 재미있으려나?" 같은 가벼운 이야기를 주고받았다.

무대 뒤편에 대기한 신입사원들은 긴장된 표정으로 숨을 고르고 있었다. 한 사람, 한 사람의 손끝까지 긴장이 묻어났고, 뺨에는 미세한 땀이 맺혀 있었다.

배경음악이 서서히 잦아들고 무대 조명이 잠시 꺼졌다가 다시 켜지며 사회자를 비추었다. 사회를 맡게 된 신입사원은 MBTI가 INTP의 내향형임에도 '메뚜기를 닮았다'는 이유만으로 이 자리에 서게 되었다. 마이크를 잡은 그의 손은 덜덜 떨렸지만, 이내 힘찬 목소리로 공연의 시작을 알렸다.

첫 순서는 체크무늬 남방에 베이지색 바지, 빨간 뿔테 안경을 쓴 너드미 가득한 남자 신입사원의 노래 공연이었다. 그는 "일을 미루지 않는 직원이 되겠다"는 각오를 밝히며 조심스럽게 무대 중앙에 섰다.

반주가 흐르기 시작했고, 그는 노래를 부르기 시작했다.

"시작이 제일 무서워, 미룬이~ 완벽하지 못할까 봐, 지금이~"

"다 같이! 미룬이! 미룬이!"라는 외침과 함께 그는 오른손을 위아래로 휘저으며 관객들의 호응을 유도하는 모습을 보였으나, 아무도 모르는 노래에 호응이 있을 리 없었다. 임원들은 눈살을 찌푸렸고, 객석엔 어색한 정적만 감돌았다. 그 분위기 그대로 끝나 버린 첫 무대에 연수 담당 직원은 고개를 숙인 채 이마를 짚었다.

6.25 이후 최악의 참사가 끝난 뒤, 객석은 어색한 정적에 잠긴 채 싸늘한 분위기를 이어 갔다. 그런 탓에 다음 무대에 오르는 박정의와 서파이는 한층 더 긴장한 표정이었다. 사회자가 소개한 이번 공연은 '일찍 자야 다음 날 업무를 잘 할 수 있다'는 메시지를 담고 있었다.

이들은 일본 만화에 나오는 집사 캐릭터를 흉내 내며, 연미복 차림에 무테 안경을 쓰고 손에는 하얀 행사용 장갑까지 착용한 채 무대에 올랐다. 이 퍼포먼스의 핵심은 어색한 발음과 과장된 말투였고, 그들은 일본식 억양이 섞인 한국어로 노래를 부르며 춤을 추기 시작했다.

"오지사마, 잇츠 타임 투 고 투 베드.
지금 잠에 들지 않으면, 우린 춤을 출 거예요!
아재아재, 못 말리는 아저씨."

중독성 있는 리듬에 맞춰 객석의 임원들도 자연스럽게 손뼉을 치기 시작했다.

"(또또또 또또또) 또 핸드폰 하는 거예요?
(타타타 타타타) 타임 투 고 투 베드!"

다른 동기들이 미리 준비한 응원법을 큰소리로 외쳐 주며 힘을 보탠 덕분에, 무대 분위기는 한층 더 뜨거워졌다.

"지금 잠에 들지 않으면, 우린…"

노래가 끝났다. 첫 공연에서 받은 실망감 때문이었는지, 임원들은 이번 무대에 만족한 표정을 지으며 박수를 보냈다.

한 임원은 웃으며, "오늘은 수면제라도 먹어서 일찍 자야겠는걸?"이라고 말했고, 또 다른 임원은 "J-POP도 꽤 신나고 듣기 좋네."라며 흡족해했다.

다음 무대는 최애순과 여자 신입사원 두 명이 함께 준비한, 선배들의 마음에 들고 싶다는 메시지를 담은 댄스 공연이었다. 이들은 흰 셔츠에 검은색 재킷을 입고, 체크무늬의 핑크빛 스커트에 무릎까지 올라오는 하얀 니삭스를 매치해 교복 느낌을 연출했다. 머리는 양 갈래로 묶었고, 셔츠에는 큼직한 리본 타이를 매어 귀여움을 더했다.

화려한 조명이 무대를 스치며 공연이 시작됐다.

"선배, 마라탕 사 주세요~
선배, 혹시 탕후루도 같이?
그럼 제가 선배 맘에…
탕탕, 후루후루, 탕탕탕, 후루루루루!"

임원들은 "탕후루가 뭐지?" 하고 수군거리면서도, 예상치 못한 가사와 귀여운 안무에 피식 웃으며 무대를 즐겼다.

다음 순서는 남자 신입사원들의 단체 퍼포먼스였다. 꺼진 조명 아래 무대는 어둠에 잠겼고, 배경 화면에 해가 떠오르는 장면이 나타나며 공연이 시작됐다. 마치 군가 뮤직비디오의 한 장면처럼 연출된 이 시작은 객석의 시선을 단숨에 사로잡았다.

군가 '멋진 사나이'가 울려 퍼지자, 어두운 군복 상의를 맞춰 입은 신입사원들이 발을 맞춰 일렬로 무대에 등장했다. 각 잡힌 대형, 똑같은 걸음, 그리고 "충성!"이라는 구호와 함께 동시에 올라간 거수경례는 마치 입사보다 입대를 축하하는 분위기였다.

이어서 "상사의 명령에 절대 복종한다!"는 외침이 무대를 울렸고, 객석엔 묘한 긴장과 흥분이 흐르기 시작했다. 곧이어 '복종', '충성', '성실', 'KIRA', '파이팅' 등의 단어들이 카드섹션으로 군가와 호루라기 소리에 맞춰 차례차례 펼쳐졌다.

군가를 패러디한 이 퍼포먼스에 임원들은 여기저기서 웃음을 터뜨렸고, 어떤 이는 무릎을 치며 "역시 신입사원은 각이 잡혀야지."라며 만족을 표했다.

이어진 무대는 여자 신입사원들의 단체 댄스였다. 무대 뒤편에서 K-팝

비트가 터져 나오고, 붉은 조명이 공간을 감싸자 분위기는 순식간에 군대에서 클럽으로 바뀌었다. 여자 신입사원들은 짧은 치마에 진한 화장을 하고, 최신 걸그룹 안무를 정확하게 복제해냈다. 칼군무는 완벽했고, 몇몇 동작은 최신 유행을 반영하듯 다소 선정적이었다.

앞줄에 앉은 임원들의 시선은 무대에서 단 1초도 벗어나지 않았다. 짧은 치마가 회전할 때마다 미묘한 탄성이 새어 나왔고, 어느새 팔짱을 풀고 상체를 조금씩 앞으로 기울이기 시작했다. 누군가는 고개를 끄덕였고, 누군가는 자기도 모르게 손뼉을 치고 있었다.

댄스가 끝나자, 마치 대단한 성과 보고라도 본 듯 임원들은 자리에서 일어나 손바닥이 아프도록 박수를 쳤다. 일부는 박수를 치며 혼잣말처럼 중얼거렸다.

"이번 여자 신입사원들 진짜 잘 뽑았다."

마지막 순서로는 전 신입사원이 무대 위에 올라 합창 대형을 만들었다. 이윽고 반주가 시작되었다. 멜로디는 누구나 아는 생일 축하 노래였지만, 가사는 달랐다. 권진원의 '해피 버스데이 투 유'를 바탕으로 신입사원들이 개사한 헌정곡, 제목은 '하늘이 내려 주신 원장님'이었다.

부끄러움과 체념이 반쯤 섞인 표정으로 신입사원들은 최선을 다해 노래를 불렀다.

"하늘이 우리에게 보내 주신~
원장님 만나게 된 뜻깊은 오늘은~
우리 모두가 행복해~!"

노래의 마지막 구절이 끝날 무렵, 신입사원들은 왼손바닥을 객석을 향해 정면으로 내밀었다. 그 손바닥엔 '원장님은 우리의 왕'이라는 의미를 담아 미리 그려둔 큼직한 '王' 자가 선명하게 보였다.

나카산 원장을 위한 특별 무대는 그렇게 마무리되었다.

정작 참석 예정이었던 나카산은 '채용 비리 의혹'으로 갑작스럽게 국회에 불려가게 되면서 자신을 위한 공연을 관람하지 못했다. 그럼에도 무대 아래에 앉아 있던 임원들은 박자에 맞춰 박수를 치며 즐거워했고, 누군가는 휴대폰을 꺼내 공연 장면을 촬영하기도 했다.

신입사원들의 노래가 끝나자 사회자가 마지막을 정리했다.

"자, 다 함께 마지막 구호 외치겠습니다! KIRA! 파이팅!"

모두가 두 팔을 높이 들고 하나의 목소리로 외쳤다. 그 외침은 강당 안에 울려 퍼졌고, '아리랑 공연' 아닌 '재롱잔치'는 그 소리와 함께 마무리되었다.

임원들은 흐뭇한 표정으로 박수를 보냈고, "우리 신입들 적응 잘하네!"라는 말이 여기저기서 흘러나왔다. 몇몇은 "올해 신입사원들 괜찮네."라며 뒷말을 던졌고, 연수 담당 직원은 뒤편에서 안도의 한숨을 내쉬었다.

그날 저녁, 신입사원들과 임원들은 연수원 근처 고깃집으로 자리를 옮겼다. 넓은 주차장 입구, 희미한 네온 불빛 아래 '숯불화로구이'라는 낡은 간판이 걸려 있었다. 밖으로 흘러나온 고기 냄새는 겨울밤의 서늘한 공기마저 눅진하게 덮고 있었다.

식당 안은 숯불 연기로 자욱했다. 불판 위에서는 돼지고기가 지글지글 익는 소리가 연달아 퍼졌고, 사방에서 튀어나오는 말소리와 건배 소리가 뒤섞여 어수선한 분위기를 만들어 냈다. 테이블마다 소주, 맥주, 와인, 막걸리까지 온갖 술병이 어지럽게 놓여 있었고, 가장 중심 자리엔 박곤대 본부장이 앉아 벌겋게 달아오른 얼굴로 소주잔을 들고 있었다.

"자, 이제 우리 신입들도 한마디씩 해야지? 이럴 때 건배사 하나 못 하면 회사 생활 힘들어."

그는 술기운에 힘이 실린 목소리로 신입사원들을 둘러보며 말했다.

서로 눈치를 보던 중, 한 신입사원이 조심스럽게 자리에서 일어났다.

"저… KIRA에 입사하게 되어 영광입니다.

건배사 해 보겠습니다. 모두 잔을 들어 주시기 바랍니다."

모두가 잔을 드는 순간, 잔이 비어 있던 신입사원들은 당황한 듯 서둘러 술을 채워 넣었다.

다들 긴장한 채 조용해지자, 그의 건배사가 시작되었다.

"힘센 초식공룡, 트리케라톱스!"

정적이 계속됐다. 신입사원들은 어찌할 바를 몰라 눈치만 살폈고, 식당 안 공기는 금세 얼음장처럼 차가워졌다.

그는 어색해진 분위기를 만회하려는 듯 새로운 건배사를 시도했다.

"트랄랄레오 트랄랄라!"

계속되는 정적 속에, 누군가 작게 헛기침을 했다.

"크흠."

의도치 않게 커진 그 소리에 모두의 시선이 순간 그에게 향했다.

헛기침을 한 사람은 민망한 듯 시선을 돌리며 괜히 손끝으로 테이블 모서리를 툭툭 두드렸다.

"자자!" 이 분위기를 정리하려는 듯 언짢은 표정으로 박곤대가 외쳤다.

"다 같이, 원! 샷!"

신입사원들은 일제히 잔을 들고 술을 비웠다. 잔을 남기면 어색한 분위기가 감돌았고, 누군가는 "다 안 마셨어. 다시!"라며 반쯤 장난스러운 경고를 던지기도 했다.

술이 몇 차례 오간 뒤, 박곤대가 다시 손뼉을 쳤다.

"빨리 술 다시 채우고, 다음 신입! 요즘 애들 센스 있다며? 누가 한번 제대로 해 보자고!"

그때, 서파이가 자신감에 찬 표정으로 벌떡 일어섰다. 그는, 기다렸다는 듯 소주잔을 번쩍 들고 외쳤다.

"앞으로 우리 KIRA가 나아갈 방향을 담아 외치겠습니다!"

순간 식당 안에 잠시 정적이 흘렀다.

"미래를 위하여! 사랑을 위하여! 일을 잘하자!"

서파이는 술잔을 번쩍 들어 마지막 구호를 터뜨렸다.

"다 같이, 미! 사! 일!"

"미! 사! 일!"

신입사원들의 구호가 폭죽처럼 터졌고, 테이블 위 잔들이 연쇄적으로 부딪히며 술렁임이 일었다.

"원샷!" 박곤대 본부장의 고함이 뒤따르자, 모두 잔을 비웠다.

박곤대는 술잔을 비운 뒤 배를 잡고 웃으며 말했다.

"이야, 미사일 좋다! 이거 완전 내 스타일이야! 준비 좀 했네?"

나주 고깃집에서, 서파이의 대포동 미사일은 성공적으로 발사되었다.

이어 최애순이 자리에서 일어섰다.

"나라를 위하여, 가정을 위하여, 자신을 위하여… 다 함께, 나가자!"

"나가자!"

또다시 박곤대의 "원샷!" 구호가 터졌고, 술잔은 차고 비워지기를 반복했다.

네 번째, 다섯 번째 건배사… 반복될수록 분위기는 점점 뜨거워졌고, 웃음소리는 커졌지만, 그 웃음들이 모두 진심은 아니었다.

박곤대는 연신 신입사원들에게 술을 따르며 말했다.
"이게 바로 팀워크야. 이런 자리에서 얼마나 잘 어울리느냐가, 회사 생활을 좌우하는 거라고."

신입사원들 모두가 말없이 고개를 숙인 채 잔을 들었다. 불판 위 고기는 어느새 검게 타들어 가고 있었고, 가게 안에는 점점 더 짙어진 연기와 열기, 그리고 알코올 냄새가 무겁게 내려앉고 있었다.

식사가 끝나갈 무렵, 박곤대 본부장은 옆자리 연수 담당 직원에게 말했다.
"오늘은 그냥 여기서 자고 가지. 방 하나 준비해 줘."
그의 말은 조용했지만, 반박을 허락하지 않는 단호한 어조였다. 교육 담당자는 곧장 휴대폰을 꺼내 누군가에게 급하게 연락하기 시작했다.

잠시 후, 박곤대는 자리에서 잔을 들고 말했다.

"신입사원들은 조금 이따 내 방으로 와. 입사 축하주 한잔 더 하자고."

그 말이 떨어지자, 식당 안의 분위기가 살짝 굳었다. 신입사원들은 아무 말 없이 서로 눈치를 볼 뿐이었지만, 모두 그 말의 진짜 의미를 알고 있었다. 그건 제안이 아니라 사실상의 명령이었다. 그 자리에서 그 누구도 감히 그 말을 거절할 수 없었다.

밤 11시. 신입사원들은 박곤대의 방으로 들어가 동그랗게 앉았다. 누군가 언뜻 보면, 대학생들이 MT에 와서 게임이라도 하려는 장면처럼 보였을 것이다.

박곤대는 방 한구석에서 사용하던 플라스틱 쓰레기통을 가져왔다.

"자, 우리 회사의 전통이지. 쓰레기통 사발식."

입꼬리를 비뚤게 올린 그의 말투는 흥에 취해 있었다.

그는 저녁 식사 자리에 남아 숙소로 챙겨온 술병들을 하나씩 들고, 쓰레기통 안으로 붓기 시작했다. 종류는 따지지 않았다. 소주, 맥주, 와인, 막걸리가 뒤섞이며 끈적한 액체가 되었고, 실제로 사용하던 쓰레기통의 냄새와 뒤섞여 썩은 과일과 소독약을 섞은 듯한 냄새가 났다.

술을 부은 후, 그는 여자 신입사원들의 발을 그 속에 담갔다 빼게 했다.

"여자 발이 들어가야, 우리 전통이 완성되는 거야."

그의 발언에 신입사원들은 얼어붙었다.

"나는 강요하지 않아. 마시기 싫으면 안 마셔도 돼. 하지만 네가 안 마신다면… 나머지 동기들이 남은 술을 다 마셔야겠지."

박곤대는 선심 쓰는 척하며 쓰레기통 사발식의 룰을 설명했다.

"동기사랑!" 그가 선창하자,

"나라사랑!" 신입사원들이 어색하게 후창하며 사발식이 시작됐다.

쓰레기통에는 두 손으로 들기도 힘들 만큼 무겁게 술이 가득 차 있었다. 동그랗게 앉은 신입사원들은 시계 방향 순서대로 쓰레기통의 술을 마셨다. 어느새 그것은 서파이의 앞에 놓였다.

그는 조용히 양손으로 쓰레기통을 들었다. 그의 다음 순서엔 오직 여자 동기 최애순 한 명만 남아 있었다. 쓰레기통에 술이 삼분의 일이나 남아 있었고, 그가 마시지 않으면 그녀가 남은 술을 전부 마셔야 했다.

한 모금, 두 모금, 세 모금… 콧속이 뒤틀리고 위장이 뒤집혔지만, 그는 끝까지 마셨다.

누군가는 쓰레기통을 든 채 눈물을 삼켰고, 누군가는 그 장면을 영상으로 남기려다 조심스럽게 휴대폰을 집어넣었다. 말은 하지 않았지만, 모두가 알고 있었다. 이건 조직의 '전통'이 아닌, 권력의 일방적인 '폭력'이란 걸.

그날 밤. 서파이는 화장실에서 토하며 생각했다.

'북조선 특수부대 훈련보다, 남조선 공공기관 신입 연수가 더 잔혹하군…'

다음 날 아침, 연수원 식당은 전날의 숙취로 조용했다. 숟가락 부딪히는 소리, 물 마시는 소리만 간헐적으로 들렸고, 누군가는 국을 앞에 두고 머리를 감싼 채 말없이 앉아 있었다.

서파이는 미역국 앞에서 숟가락을 들다 말고 멈췄다. 속이 여전히 뒤집힌 듯했고, 입 안은 텁텁했다. 전날 밤 억지로 들이켠 술이 아직도 위장을 짓누르고 있었다.

그때, 조용히 그의 옆으로 다가온 사람이 있었다. 최애순이었다. 그녀는 주변을 한번 둘러보더니, 말없이 그의 식판 옆에 녹색 병 하나를 내려놓았다. 숙취해소 음료, 편의점에서 파는 '아침 부활템'이었다.

"오빠… 하나밖에 없으니까 오빠만 드시게요."

애순은 무심한 척 말하며 서둘러 자리를 떴다.

그는 조용히 고개를 끄덕이며 병을 집어 들었다. 손끝으로 뚜껑을 돌리자, '딸깍' 소리와 함께 희미한 탄산의 기척이 퍼졌다. 병 안의 액체는 특유의 인공 감귤향을 내뿜으며 흔들렸고, 그 첫 모금이 어젯밤의 잔상을 희미하게 밀어냈다.

잠시 후, 연수 마지막 날의 강당은 놀라울 만큼 조용했다. 전날 밤의 고약한 술 냄새와 흐릿한 기억은 감쪽같이 사라진 듯, 신입사원들은 모두 말끔한 정장을 차려입은 채 강당에 들어섰다. 예정보다 20분이나 일찍 도착한 그들은 한 줄씩 정돈된 자세로 자리에 앉아 있었다. 구두는 반질반질했고, 넥타이 매듭은 정확했으며, 여자 신입사원들의 화장도 평소보다 한 톤 더 밝아 보였다. 어젯밤 쓰레기통 앞에서 울거나 토했던 기억은 누구도 입에 올리지 않았다.

행사 시작 예정 시각을 15분쯤 넘겨 강당 뒤쪽 문이 조용히 열렸다. 나카산 원장이 입장하자마자 기다렸다는 듯 사회자의 목소리가 울려 퍼졌다.

"지금부터 KIRA 신입사원 연수 수료식을 시작하겠습니다. 먼저 국민의례가 있겠습니다. 연단 앞 태극기를 향해 주시기 바랍니다."

"나는 자랑스러운…"

국민의례가 끝나자, 나카산 원장이 무대 위로 올랐다.

"먼저, 신입 여러분 모두 고생 많았습니다. 여러분은 이제 KIRA의 일원입니다. 여러분의 성장이 곧 우리 기관의 미래입니다."

말투에서는 진심이 느껴지지 않았지만, 연설문은 적당히 짧아 지루하지 않았다. 연설문을 실제로 쓴 직원의 배려가 느껴지는 대목이었다.

이어서 박곤대 본부장이 마이크를 넘겨받아 무대에 올랐다. 어제와 크게 다르지 않은 미소를 지었지만, 오늘은 어딘가 더 점잖고 조심스러운 몸짓으로 스크린을 향해 돌아섰다.

"자, 이제 기다리셨던 인사발령을 발표하겠습니다! 오늘부터 여러분은 KIRA의 주임입니다."

스크린에 첫 이름이 떠올랐다.

"서파이 주임, 정보보호본부 디지털팀."
서파이는 고개를 숙여 조용히 인사하고, 무대로 걸어 나갔다. 연수 담당자는 사전 준비된 사원증을 꺼내 나카산 원장에게 건넸다.

"축하해요, 서파이 주임." 나카산이 사원증을 그의 목에 걸어 주었다.
"탁" 플라스틱 사원증이 몸에 닿는 소리가 귓가에 남았다.

"박정의 주임, 정보보호본부 보안팀."

그는 표정 없는 얼굴로 무대에 올랐다. 사원증을 목에 걸며 짧게 고개를 숙였고, 무대에서 내려오며 서파이와 눈을 마주치자 조용히 주먹을 들어 보였다.

"최애순 주임, 경영지원본부 홍보팀."

그녀는 자리에서 일어나 목례한 뒤 차분하게 무대에 올랐다. 나카산은 똑같은 미소로 사원증을 걸어 주며 말했다.

"홍보팀은 바쁘기로 유명하죠. 기대하겠습니다."

이름들은 차례차례 호명되었고, 사원증은 하나하나 목에 걸렸다. 객석에는 조용한 반응이 번졌고, 누군가는 안도의 한숨을, 누군가는 담담한 눈빛을 흘렸다.

모든 인사발령이 끝난 후, 조명이 살짝 어두워지고 스크린에 'KIRA 신입사원 연수의 추억'이라는 자막이 떠올랐다. 연수 기간 중 촬영된 사진들이 배경 음악과 함께 상영되었다. 교육 중 졸고 있는 얼굴, 재롱잔치 연습 중 터진 웃음, 새벽 구보에 힘겹게 뛰는 모습. 누군가는 키득이며 웃었고, 누군가는 슬며시 고개를 돌렸다.

마지막으로 사회자가 외쳤다.

"자, 모두 함께 무대 위로 올라오셔서 단체 사진을 촬영하겠습니다!"

신입사원들은 마치 작전명령이라도 받은 듯 일사불란하게 자리에서 일어났다. 무대 위로 줄지어 올라서며 누군가는 넥타이를 고쳐 매고, 누군가는 머리를 정돈했다. 무대 중심에는 나카산 원장이 섰다. 앞줄에는 여자 신입사원들이, 뒷줄에는 남자 신입사원들이 자연스럽게 자리를 잡았다.

"찰칵."

긴 연수의 마지막 순간이 셔터 소리에 봉인되었다.

사회자는 익숙한 미소로 외쳤다.

"신입사원 여러분의 빛나는 미래를 응원합니다."

어디서나 볼 수 있는, 공공기관식 마지막 퍼포먼스는 무던하고 단정하게 흘러갔다.

누군가는 그날을 인생의 출발점이라 기억했을 것이다. 하지만 서파이에게 그것은 전쟁터로 들어가는 출입문에 불과했다.

이제, 본격적인 작전이 시작된다. 그의 발걸음은 한 치의 흔들림도 없이 KIRA의 심장으로 향하고 있었다.

거기서 무엇이 기다리고 있을지는 아무도 몰랐다.

서파이 자신조차도.

4화
혁명도시

* 혁명도시: 북한판 혁신도시를 일컫는 말

회색빛 네모 반듯한 KIRA 사옥은 나주혁신도시 중심, 호수공원 바로 옆에 자리 잡고 있었다. 외벽은 회색 패널과 유리창이 반복적으로 배열되어 있었고, 일정한 간격으로 배치된 창문들은 병실처럼 단정하게 정렬돼 있었다. 멀리서 보면 병원 같았고, 가까이서 봐도 별다른 특징은 없었다.

간판은 작고 눈에 띄지 않았으며, 로비 유리문에 KIRA의 동그란 로고만이 조용히 부착돼 있었다. 건물 앞에는 아담한 정원과 산책로가 있었고, 그 주변을 지나는 사람은 드물었다.

이 건물은 호수 옆에 있어도 반짝임이 없었다. 햇빛이 내려앉으면 물결은 빛났지만, 건물 외벽은 언제나 축축한 구름 아래 있는 듯한 무채색을 유지했다. 유리창은 내부가 보이지 않도록 불투명 처리가 되어 있었고, 어디 하나 튀는 곡선이나 유리 돔 같은 것도 존재하지 않았다. 그저 기능을 위해 존재하는 건축물. 효율과 절제를 우선시한 공공기관 특유의 기계적인 외형이었다.

건물 내부도 외부와 다르지 않았다. 바닥은 회색 카펫타일이 깔려 있었고, 벽면은 흰색 페인트로 마감돼 있었는데, 손바닥을 대면 차갑고 매끄러운 감촉이 그대로 전해졌다. 하얀 석고보드 천장에는 네모난 LED등이 일정한 간격으로 달려 있었고, 그중 하나라도 꺼지면 전체 분위기가 급속히 음침해졌다.

건물 7층 정보보호본부 디지털팀 사무실에는 늘 복사기 토너의 뿌연 가루 냄새와 탕비실에서 흘러나오는 베트남산 로부스타 커피 원두의 향기, 그리고 오래된 플라스틱 서류 보관함에서 나는 미세한 먼지 냄새가 공존했다.

그 안에서 서파이의 자리는 가장 안쪽, 창도 없는 벽을 정면으로 마주한 곳에 있었다. 누가 봐도 애초에 책상을 두기 위해 설계된 공간이 아니었다. 철제 캐비닛과 벽 사이, 어깨너비보다 약간 더 넓은 틈에 책상을 억지로 밀어 넣은 듯한 자리였다. 책상 위에는 모니터 두 대가 있었고, 그 위로 내려오는 조명은 없었다. 사무실 전체에 등은 켜져 있었지만, 그 자리만은 항상 어둠이 내려앉아 있는 듯한 분위기였다.

프린터는 바로 대각선 등 뒤에 있었다. 기계가 문서를 토해낼 때마다 작은 진동이 등으로 전달됐고, 종이가 배출되는 소리, 급하게 걷는 구두 굽 소리, 전화벨이 울리고 끊기는 소리가 하루 종일 배경음처럼 들렸다.

그 자리에서 그는 스스로를 '조직의 맨 가장자리'라고 느꼈다. 어디에도 속하지 않고, 누구도 신경 쓰지 않는 그 위치. 그 자리는 누군가 자발적으로는 절대 앉지 않을 공간이었고, 그래서 막내인 그에게 주어진 자리였다.

해가 뜨기 전, 나주혁신도시 센트럴팰리스 오피스텔 1408호. 서파이는 오전 7시를 알리는 알람 소리에 눈을 떴다.

창문 너머로 들어오는 희미한 빛 아래, 작은 원룸은 제법 단정해 보였다. 싱글 침대 맞은편에는 작은 책상과 옷장이 놓여 있었고, 벽 한편에는 세탁기와 냉장고가 나란히 자리 잡고 있었다. 신축 오피스텔에서 흔히 자랑하는 '풀 옵션' 구성으로, 벽걸이 에어컨까지 갖춰져 있었다.

하지만 문제는 그 바깥이었다.

오피스텔 총 580세대 중 입주자는 고작 150세대 남짓. 네 집 건너 세 집이 빈집이었고, 상가 80곳 중 문을 연 곳은 단 두 곳. 그중 하나가 서파이의 유일한 안식처, 편의점이었다.

관리사무소는 관리비 미납으로 5개월 전 철수했고, 엘리베이터는 고장 난 채 방치된 지 오래였다. 복도는 점점 먼지와 벌레로 뒤덮여 갔고, 서파이는 하루에 두 번, 14층 계단을 오르내리는 삶에 익숙해져야 했다.

이곳은 서파이의 조직이 남한 활동을 위해 미리 준비해 둔 위장 거처였다. 처음엔 외관만 보고 화려한 숙소라며 감탄했지만, 이제는 다르게 생각한다.

'이거… 그냥 분양 사기 당한 거 아니야?'

입주자들은 성실히 관리비를 냈지만, 미분양 공실의 관리비를 내야 했던 시행사가 자금난으로 납부를 하지 않으면서 건물 전체가 여러 차례 단전과 단수 위기를 겪었다. 샤워 중 물이 끊긴 어느 날, 서파이는 머리에 거품을 잔뜩 묻힌 채 14층을 맨발로 뛰어 내려가 편의점에서 생수 두 통을 사 와야 했다.

그는 조용히 중얼거렸다.

"북조선에서는, 전기는 끊겨도 물은 안 끊겼다…"

아침 7시 40분. 서파이는 오늘도 14층 계단을 내려와 건물을 나섰다. 회사까지는 걸어서 15분 거리.

보도블록은 잡초에 점령당해 있었고, 인도 위에선 사람 한 명 마주치지 않았다. 그는 터벅터벅 걷다가 문득 생각했다. '이곳이 혁신도시라니, 과연 남조선에서 혁신이란 무엇일까?'

14

오전 8시 정각. 서파이는 사원증을 출입구 단말기에 갖다 댔다. “삑” 하는 소리와 함께 출근이 인증되었지만, 곧장 7층으로 올라가지 않고 1층 구내식당으로 향했다. 이른 출근보다 더 시급한 일이 있었으니, 바로 2,000원짜리 아침 식사였다.

구내식당은 생각보다 널찍했다. 긴 배식대에는 밥과 국, 세 가지 반찬이 가지런히 놓여 있었고, 반대편 벽 쪽엔 정수기와 식판 반납대, 전자레인지까지 빠짐없이 배치되어 있었다. 점심과 저녁은 각각 3,600원. 점심 메뉴는 두 가지 중 하나를 고르게 돼 있었지만, 어느 쪽을 선택해도 결국 후회하게 됐다. 국은 싱겁고 밥은 퍼져 있었으며, 반찬은 공장에서 찍어낸 냉동식품 맛이었다.

“구내식당 납품권 따내려고 로비하다가 식재료비가 빠졌다더라”는 소문이 돌았지만, 누구도 진위를 확인하려 하진 않았다. 그저 먹어 본 사람들끼리 고개를 끄덕일 뿐이었다.

이날 아침 메뉴는 미지근한 콩나물국, 멸치볶음, 도시락 김, 그리고 배추김치. 서파이는 사원증을 단말기에 찍은 뒤 식판을 들고 조용히 배식대 앞으로 다가갔다. 음식을 담아 자리에 앉자, 신입사원들이 하나둘 식당 안으로 들어오기 시작했다.

“오빠, 같이 먹어요.”

최애순이 환한 얼굴로 다가와 서파이 옆에 앉았다. 그 뒤를 박정의가 무표정한 얼굴로 따라와 맞은편에 자리를 잡았다.

"지난번에 인스타 알려 줬더니, 이제 제법이네요잉? 보정까지 해서 사진을 올리다니, 완전 능숙해졌드만요?"

최애순은 김을 잘라 밥 위에 올리며 웃었다.

"요즘 홍보팀 어때?" 서파이가 물었다.

"기자 상대하는 게 생각보다 어려워요. 무리한 기사 써 놓고 광고 협찬 요구하는 기자도 있고… 누가 언론이고 누가 장사치인지 헷갈릴 때가 많다니께요."

애순의 말투엔 웃음기가 섞였지만, 표정에는 피곤함이 그대로 묻어났다.

"그래도 멋있다. 나는 요즘 오픈소스 보안 관리 공부 중이야."

박정의는 조용히 말했다.

"근데… 솔직히 아직 뭐가 뭔지 하나도 모르겠더라."

그는 멸치볶음을 뒤적거리며 쓴웃음을 지었다.

서파이는 말없이 웃었다. 입사 후 매일같이 허드렛일만 하고 있는 그로서는 뭔가 '제대로' 일하는 동기들이 부러울 수밖에 없었다. 그는 그저 묵묵히 그들의 대화를 들으며 숟가락을 들었다.

오늘 아침 콩나물국은, 마치 콩나물을 잠깐 물에 담갔다 빼기만 한 듯 싱겁고 밍밍했다.

'맛은 없지만… 굶주린 북조선 인민들을 생각하며 참는다.'

그는 속으로 중얼거리며 식판을 비웠다.

그렇게, 그의 하루가 조용히 시작되었다.

서파이는 늘 선배들보다 먼저 출근했다. 사무실 자동문이 열리고, 선배들이 하나둘 자리를 향해 걸어올 때마다 그는 자리에서 벌떡 일어나 또렷한 목소리로 인사를 건넸다.

"안녕하십니까!"

그런 인사는 비단 그 혼자만의 일이 아니었다. 건물 곳곳, 각 층의 신입사원들 역시 비슷한 시각, 각자의 자리에서 마치 약속이나 한 듯 큰소리로 인사를 외쳤다.

그해 봄, KIRA 건물 안은 잠시나마 신입사원들의 쩌렁쩌렁한 인사 소리로 활기를 띠었다.

벽시계가 정확히 아홉 시를 가리키자, 천장 스피커에서 안치환의 '내가 만일' 노래 반주가 흘러나왔다. 애절한 가사는 쏙 빠지고 멜로디만 남은 색소폰 연주곡이었다. 선배들이 서둘러 자리에서 일어나 복도로 나가자, 서파이도 뒤를 따랐다. 순식간에 KIRA 복도에는 임원부터 신입사원까지 모두가 벽을 등지고 직급순으로 늘어섰다.

전주를 마치자 등장한 색소폰 선율에 맞춰 스트레칭이 시작되었다. 첫 소절은 목 운동부터였다. 서파이는 당황했지만 옆 사람의 동작을 힐끔거리며 반박자 늦게 따라했다. 모두가 고개를 앞뒤로 움직인 뒤, 어깨, 팔, 허리, 다리, 발목 순으로 차례대로 내려갔다. 마지막 소절이 나올 때면 KIRA의 모든 직원들이 복도에 일렬로 선 채 한 발로 서서 발목을 돌리고 있었다.

색소폰의 마지막 음이 길게 여운을 남기고 사라지면 직원들은 소리 없이 각자의 자리로 돌아갔다.

서파이는 선배들에게 왜 아침마다 색소폰 연주에 스트레칭을 하는지 물어봤지만, KIRA의 직원 누구도 그 이유를 알지 못했다. 문서도, 공지도, 신입 교육 과정에서도 이유를 알아낼 수 없었다. 다만 초대 원장이 안치환의 팬이라는 소문만 직원들 사이에 남아 있었다. 그는 오래전 사라졌고, 그의 취향만 매일 아홉 시마다 이 건물에 남아 애절하게 울려 퍼졌다.

입사 후 몇 달 동안, 서파이의 하루는 말 그대로 '허드렛일'로 가득했다.

그중에서도 가장 큰 부담은 '모시는 날'을 준비하는 일이었다. '모시는 날'은 과거 공공기관에서 하급자들이 민원인에게 받은 뒷돈을 모아 상사에게 상납하던 문화에서 유래했다. 하지만 최근에는 뒷돈 수수가 없어지면서, 하급자들이 사비를 모아 상사의 점심을 정성껏 대접하는 형태로 변모하여 그 유구한 전통을 이어 오고 있다.

이번 차례는 디지털팀이 박곤대 본부장을 모셔야 했고, 서파이의 사수인 사아순 선임이 준비 요령을 하나씩 알려 주었다.

'모시는 날'이 다가오자 서파이는 며칠 전부터 식당을 물색하기 시작했다. 박곤대의 입맛은 까다롭고 섬세했다.

"국물은 맑고 깊어야 하고, 밥은 질면 안 돼. 김치는 생김치가 좋아."

그 미묘한 기준을 충족시키기 위해 서파이와 사아순은 인터넷 후기를 뒤지고, 다른 팀이 다녀온 식당의 평을 수집했다.

"지난번에 간 백반집 어땠대요?"

"고기는 괜찮았는데 국물이 짰대요."

"그럼 탈락이네요."

고심 끝에 선택된 곳은 나주에서도 이름난 곰탕집이었다. '나주 하면 곰탕'이라는 말도 있었고, 박곤대 역시 "나주곰탕은 진국이었다"고 자주 말하곤 했다.

예약 역시 정성을 다했다. 사장에게 인원과 도착 시간을 알리고, 박곤대의 성향까지 전달했다. 좌석 배치도 확인했다. 특히 그가 여성 직원들과 함께 앉는 걸 선호한다는 사실을 알아낸 서파이는 미리 양해를 구하고 여성 직원들을 그의 양옆으로 배치했다.

식사 분위기가 어색해지는 걸 막기 위해 대화 주제도 미리 정리됐다. '최근 정책 이슈, 원장 관련 기사 언급하기, 박곤대가 최근 구매한 전기차 장점 칭찬하기.'

몇몇 팀원은 키워드를 손바닥에 적어 두기까지 했다.

당일, '운전 담당' 팀원은 점심 10분 전 주차장으로 향했다. 세차는 기본, 더운 날씨라면 미리 시동을 켜 에어컨을 틀어 두는 것까지 체크했다. 엘리베이터 문이 열리고 박곤대가 나오면 곧장 뒷좌석 문을 열며 다음과 같이 말했다.

"본부장님, 시원하게 해 놨습니다!"

식당에 도착하면 또 다른 의식이 시작됐다. 서파이는 휴지를 깔고 수저를 가지런히 놓고, 물컵엔 기포 하나 없이 생수를 채웠다. 박곤대가 문을 열고 들어서면 팀원 모두가 일제히 일어나 "안녕하십니까!" 하고 인사했다.

박곤대는 곰탕 특유의 은은한 내음을 맡으며 자리에 앉았다.

"오, 여긴 처음인데? 냄새 괜찮네."

기다렸다는 듯 사아순 선임이 멘트를 꺼냈다.

"평점이 4.8점이더라고요. 맑은 국 좋아하신다기에 미리 예약했습니다."

그리고 나주곰탕의 유래를 덧붙였다.

"예전에 일제강점기 때 나주에 소고기 통조림 공장이 있었는데, 일본인들이 남은 부산물을 나눠 줬대요. 그걸 모아 탕을 끓인 게 나주곰탕의 시작이었다고 하더라고요."

박곤대는 흡족한 표정으로 고개를 끄덕였다. 곧 음식이 나오자 식사가 시작됐다.

식사 중 박곤대는 마치 자신이 계산이라도 할 듯 허세 섞인 말을 이어 갔다.

"상사를 잘 모시는 게 사회생활의 기본이야. 나 때는 말이야, 명절 전에 상사 조상 묘까지 벌초했다니까…"

팀원들은 억지 웃음을 지었지만, 누구도 '모시는 날'에 상사의 지갑이 열리는 걸 본 적이 없었다. 밥값은 언제나 팀원들이 모은 돈으로 조용히 계산되었다.

계산이 끝나면 박곤대는 "잘 먹었어. 다음에도 여기 괜찮겠네."라며 자리에서 일어났다.

서파이는 그 뒷모습을 바라보며 생각했다. '월급을 더 받는 사람이 왜 밥값을 안 내고 후배들이 내는 거지? 북조선에서도 간부가 밥값은 계산했다.'

자유와 평등이 있다고 배웠던 남한은, 알고 보니 눈치와 위계, 조용한 강요가 지배하는 또 다른 세상이었다.

그는 속으로 중얼거렸다. '이건… 오히려 북조선보다 더 심하다.'

얼마 뒤, 팀 단체 카톡방에 메시지가 도착했다.

"서파이 주임님, 아아 네 잔, 아이스 라떼 두 잔, 자몽 에이드 한 잔 글고운 카페에서 부탁해요."

보낸 이는 사아순 선임이었다.

회사 1층 한편에 자리 잡은 글고운 카페는 겉보기엔 평범한 사내 카페처럼 보였지만, 실상은 노동조합이 수익을 내기 위해 운영하는 공간이었다.

이곳에선 협력업체나 용역업체들이 KIRA 각 팀과 노조에 눈도장을 찍기 위해, 팀 전용 기프트카드를 미리 충전해 두는 관행이 굳어져 있었다. 덕분에 디지털팀의 카드 잔액은 늘 넉넉했고, 간혹 부족해지는 일이 생기더라도 팀장님의 전화 한 통이면 다음 날엔 어김없이 다시 충전되어 있었다.

서파이는 누가, 어떤 방식으로 충전하는지는 알지 못했고, 굳이 묻지도 않았다.

회사 측 역시 이 사실을 모를 리 없었지만, 노동조합의 눈치를 보며 모른 척하는 분위기가 당연한 듯 굳어져 있었다.

카페 메뉴는 프리미엄 프랜차이즈급 가격을 자랑했지만, 정작 커피 맛은 그 기대를 밑돌았다. 어떤 날은 쓴맛이 지나치고, 또 어떤 날은 신맛만 남았다. 커피에 문외한인 서파이조차 컵을 들이키며 중얼거렸다.

"이게… 남한에서 말하는 바로 그 '창렬'이란 것인가?"

카페 직원 또한 정식 바리스타가 아니었다. 노조 위원장 노동팔이 직접 꽂아 넣은 인물이라는 소문이 돌았지만, 누구도 그 정체를 캐묻지 않았다.

팀원들의 음료 주문은 날마다 이어졌고, 단톡방에 메시지가 뜨면 서파이는 늘 그렇듯 말없이 카페로 발걸음을 옮겼다.

카운터 앞에 선 그는 주문 내역과 POS 화면을 대조하며 실수 없이 주문을 마쳤다. 그리고 카페에 보관된 팀 기프트카드를 내밀어 결제한 뒤, 영수증 하단 잔액을 확인하고 곧바로 단톡방을 열어 메시지를 남겼다.

『글고운 카페, 잔액 384,100원 남았습니다.』

잠시 후, 카운터 위로 음료가 하나둘 놓이기 시작하자 서파이는 신중하게 하나씩 캐리어에 담았다.

카페를 나온 그는 양손으로 캐리어를 단단히 붙잡은 채, 음료가 넘치거나 흔들리지 않도록 조심조심 발걸음을 옮겼다.

글고운 카페

그렇게 며칠이 흐른 어느 업무 시간, 뒷자리에 앉아 있던 사아순 선임이 의자를 돌려 서파이에게 말을 걸었다.

"주임님, 혹시 HWP 써 보셨어요?"

서파이는 순간 당황했지만 북한에서 미리 공부한 적이 있기에 침착하게 대답했다.

"네, 능숙하진 않지만 써 본 적 있습니다."

사아순 선임은 짧은 한숨을 섞어 말했다.

"참, 세상이 워드·구글·노션으로 넘어간 지가 언젠데, 여기선 아직도 HWP가 표준이에요. 사회에서는 거의 쓰지 않지만, 우리 회사의 모든 업무는 HWP에서 시작해 HWP로 끝난답니다.

우리가 쓰는 HWP에는 공동 작업이나 수정 기록 같은 기능은 전혀 없어요. 공공기관의 폐쇄적인 문화를 고스란히 품은 프로그램이지요. 덕분에 여러 명이 작업을 할 때는 취합하는 사람이 반드시 필요하고, 메일로 파일을 주고받느라 매우 비효율적이랍니다."

그녀는 말을 이었다.

"그 문서 취합 역할만을 위해 존재하는 곳이 기획팀이란 곳이에요. 따지고 보면 HWP 덕분에 많은 수의 공공 분야 일자리가 유지된다고도 할 수 있겠네요."

서파이는 최근 유튜브에서 AI가 문서를 만드는 장면을 본 기억이 떠올라 조심스럽게 물었다.

"우리 회사는 IT와 관련되어 있는데, AI 같은 건 안 쓰나요?"

사아순 선임이 쓴웃음을 지으며 말했다.

"저도 얼마 전에 마이크로소프트의 코파일럿이 문서를 자동으로 만들고 순식간에 PPT까지 만드는 영상을 봤어요. 정말 놀라운 수준이더라고요. 요즘엔 챗GPT가 대세라고 하던데, 공공기관에서는 2,000년 후에나 가능한 이야기죠."

그녀는 텀블러를 집어 들어 커피 한 모금을 마신 후 덧붙였다.

"최근에 이재명 경기도지사가 HWP를 걷어내고 국제 표준인 개방형 문서 포맷으로 바꾸겠다고 했는데, 혹시 알아요? 이재명 지사가 나중에 대통령이라도 되면 HWP를 안 쓰게 될지도 모르죠."

서파이가 작게 웃으며 대답했다.

"그날이 꼭 왔으면 좋겠네요."

"이제 그럼 HWP로 작업을 해 볼까요? 아까 제가 보낸 문서 보셨죠? 본문 글자의 장평이랑 자간 좀 조정해 주세요. 줄바꿈 중에 단어가 잘리면 가독성이 많이 떨어지거든요. 그리고 가능하면 내용이 한 페이지에 다 들어가도록 줄 간격도 살짝 줄여 주시고요."

그녀는 화면을 가리키며 차분하게 설명했다.

"혹시 폰트가 제각각이면 신명조로 통일해 주세요. 윗분들이 신명조를 가장 좋아하시거든요."

그녀는 코팅된 작은 종이 한 장을 건네며 말을 이어 갔다.

"일단, 자간 줄이는 단축키는 Shift + Alt + N이에요. 제가 드리는 HWP 단축키를 꼭 외워 두셔야 앞으로 문서 작업이 편하실 거예요. 모니터 옆에 붙여 두고 틈틈이 보세요."

그녀의 친절한 설명에 서파이는 고개를 끄덕이고 묵묵히 작업에 착수했다. 그가 맡은 일은 선배들이 이미 작성한 문서의 겉모습을 정리하는 작업이었다. 장평과 자간을 맞추고, 줄 간격을 조정해 문서의 형식을 보기 좋게 다듬는 것. 내용을 이해하거나 의견을 제시할 여지는 없었다. 오직 글자의 배열과 시각적인 완성도만이 그의 몫이었다.

상사들은 논리보다 '보기 좋은 문서'를 더 중시했다. 글자 정렬이 조금만 어긋나도 "이건 누가 봐도 신입이 썼네"라는 핀잔이 날아왔고, 유난히 꼼꼼한 상사는 30cm 자를 들고 줄 간격과 여백을 직접 확인하기도 했다.

게다가 전자결재 시스템이 잘 갖춰져 있었지만, 상사들은 여전히 종이 문서를 고집했다.

"나는 종이가 더 익숙해서 그래."

그 말 한마디에, 서파이는 하루에도 수십 장의 보고서를 출력해야 했다. 띄어쓰기 하나를 고치기 위해 문서 전체를 다시 뽑는 일도 드물지 않았다.

결재란의 서명에서도 위계는 철저했다. 기안자는 서명 칸 안에 작고 조심스럽게 사인을 해야 했다. 윗사람보다 글씨가 크거나 진하면 '예의 없다'는 평가가 뒤따랐다.

모든 서명을 받아 결재를 마친 뒤에도 업무는 끝나지 않았다. 결국 그 서류는 다시 스캔해 전자결재 시스템에 올려야 했다. 그리고 방금 출력한 수많은 종이들은 고스란히 세단기에 갈려 나갔다.

프린터에서 쏟아져 나오는 종이 더미를 바라보며, 서파이는 문득 생각했다. 북한에서는 종이 한 장도 아끼며 손글씨로 문서를 작성했는데, 여기선 어차피 버릴 종이를 몇 번씩 인쇄하고 있었다.

'이게 무슨 낭비란 말인가?'

팀 회의 준비도 온전히 서파이의 몫이었다. 그는 사내 회의실 예약 시스템에 접속해 회의실을 확보하고, 회의 시간 전 미리 도착해 참석 인원에 맞춰 생수병을 하나하나 테이블 위에 놓았다. 빔프로젝터 작동을 미리 점검하고, HDMI 케이블까지 준비하는 것도 그의 일. 심지어 햇빛 각도에 맞춰 블라인드를 조절하는 일조차 빠뜨릴 수 없었다.

사내 행사가 있을 때면 그는 늘 1순위로 차출되곤 했다. 지역 봉사활동에 동원돼 거리에서 쓰레기를 줍거나, 정부 정책이 인쇄된 전단지를 시민들에게 나눠 주는 일도 맡았다. 회사 홍보 영상 촬영이 있으면 억지 미소를 지으며 인터뷰에 응하거나, 동기들과 함께 어설픈 연기를 하기도 했다.

그런 나날이 매일같이 반복됐다.

5화
농태기

* 농태기: 북한 농민들이 몰래 빚어 만들어 먹던 술

시간이 지나 어느새 여름이 되었다. 나주의 여름은 유난히 눅눅하고 무거웠다. 호숫가를 따라 안개처럼 깔리는 습기와, 그 틈을 비집고 퍼지는 축사 냄새가 뒤엉켜 공기는 늘 탁했다. 아침 햇살에도 아스팔트는 축축하게 젖어 있었고, 출근해서 건물에 들어서기도 전에 셔츠는 끈적하게 등에 달라붙었다.

사무실 안은 매일같이 열기로 가득했다. 에어컨은 정부의 지침에 따라 28도로 설정돼 있었지만, 정작 온도를 측정하는 온도계는 에어컨 바로 아래에 놓여 있었다. 그 결과, 바람이 직접 닿는 일부 자리를 제외하곤 실내 온도는 30도를 훌쩍 넘겼고, 특히 서파이의 구석진 자리는 하루 종일 찜통 같았다.

개인 선풍기는 화재 위험과 다른 시민들이 쓸 전기가 부족해질 수 있다는 이유로 금지되어 있었고, 창문은 고정형이라 열 수도 없었다.

서파이는 이마와 등줄기를 타고 흘러내리는 땀을 느끼며, 문서 위로 땀

방울이 떨어지지 않도록 조심스럽게 손을 움직였다.

그는 문득 생각했다. '북조선의 여름도 이렇지는 않았는데…'

그는 이 이상한 냉방 통제를 바라보다가, 수치와 계획만으로 모든 걸 결정하면서 정작 현장에선 아무것도 작동하지 않던 북한의 중앙통제 시스템이 떠올랐다. 북한 주민들이 부르는 일명 '다마네기 정책'. 양파처럼 껍질을 아무리 벗겨도 본질은 변하지 않는 북한 당국의 구태의연한 정책을 뜻했다.

서파이는 자신도 모르게 씁쓸한 웃음을 흘렸다. 남한은, 어쩌면 더 정교하고 더 꽉 막힌 또 다른 형태의 통제 사회일지도 몰랐다.

그런 날들이 이어지는 가운데, 선배들은 그에게 새로운 역할을 맡겼다. 바로, 술자리 마련을 위한 가짜 회의를 만드는 일이었다. 처음엔 어리둥절했지만, 사아순 선임이 슬쩍 다가와 방법을 알려 주었다.

"회의처럼 보이게 주제 하나 정하고, 참석자 이름 몇 명 넣으면 돼요. 계획서는 제가 썼던 거 참고해서 복붙하면 편할 거예요."

그녀의 말대로, 서파이는 회의 주제와 참석자 명단을 적당히 꾸며 '회의 계획서'를 작성한 뒤 사내 결재 시스템에 올렸다.

그리고 식사 시간에 맞춰 다양한 단골 식당들 중 한곳을 찾아가 법인카드로 결제하고, 회사에 제출할 영수증도 챙겼다. 이어 식당에 비치된 팀 장부에 해당 금액을 기재하고, 식당 사장님의 서명도 받아 두었다. 모든 절차를 마친 후, 회사로 돌아와서는 실제 회의가 있었던 것처럼 회의록을 꾸며 전산 시스템에 등록했다.

회의 장소가 식당이라는 건, 아무리 봐도 이상했다. 하지만 그 누구도 의문을 제기하지 않았고, 아무 일도 일어나지 않았다.

이후 서파이와 선배들은 장부를 끊어 놓은 여러 단골 식당 중 한곳에서 회식 자리를 가졌다.

이번 회식 장소는 나주혁신도시에서 가장 큰 호텔 1층에 위치한 '헌마을식당'이었다.

그 호텔 건물 1층에는 '빽다방', '빽보이피자', '헌마을식당', '룰링파스타', '빽스비어'까지, 특정 회사의 프랜차이즈 매장들이 도열해 있었고, 각 매장 간판마다 어김없이 같은 남자의 얼굴이 붙어 있었다.

호텔 건물 측면 전체에는 그 남자의 얼굴이 무려 12층 높이로 걸려 있었고, 햇살에 반사된 그의 눈동자는 마치 나주혁신도시 어디서든 사람들이 무얼 먹는지 지켜보는 듯한 느낌을 줬다.

서파이는 처음 남한에 왔을 무렵, 길거리 곳곳에 걸려 있는 그의 얼굴을 보고 중얼거렸다.

"이 사람이 남조선의… 대통령인가?"

나중에야 그가 외식업계의 제왕이라는 걸 알고는 괜히 혼자 민망함을 느꼈다.

HOTEL

오늘도 헌마을식당 안은 삼겹살과 사람들로 이미 열기가 가득했다.

왁자지껄한 직장인들의 웃음소리, 테이블마다 쌓여 가는 호남지역의 대표 소주인 잎새주 병, 그리고 연탄불 위에서 지글지글 익어 가는 삼겹살 냄새가 매장 전체를 가득 채우고 있었다.

회식자리에서도 서파이는 편하게 자리에 앉아 있을 수 없었다. 그는 조심스럽게 소주병을 들고 자리에서 일어났다.

"안녕하십니까? 선배님, 술 한 잔 부탁드립니다."

그는 선배들 앞을 차례로 돌며, 고개를 숙인 채 두 손을 내밀었다.

한 선배가 자신의 잔을 비우더니 입꼬리를 슬쩍 올렸다.

"이 자식, 예의는 있네. 좋아."

그리고는 방금 자기가 마신 그 잔을 그대로 서파이에게 건넸다.

"받아. 원래 이런 데서 정이 생기는 거야."

서파이가 그 잔을 두 손으로 조심스레 받자, 선배는 기다렸다는 듯 소주병을 들고 그 잔에 술을 따랐다.

"우리 땐 말이야, 신입이면 잔 돌리기는 기본이었다고. 요즘은 위생이니 뭐니 하는데, 그게 다 핑계야. 이래야 끈끈해지는 거야."

잔 속에는 술과 함께 고춧가루 조각 하나와 삼겹살 기름기가 떠다니고 있었다.

서파이는 그 잔을 내려다보며 눈을 껌뻑였다. 남한은 위생적일 줄 알았다. 하지만 이건… 북한에서도 볼 수 없는 장면이었다.

그는 조용히 숨을 고르고 잔을 들었다. 그리고 아무 말 없이, 고개를 살짝 옆으로 숙이고 술을 단숨에 들이켰다.

선배는 만족한 듯 그의 등을 툭 치며 말했다.
"됐어! 이 정도면 앞으로 잘 해낼 수 있겠네."

서파이는 억지 웃음을 지으며 고개를 끄덕였다.

술잔이 오갈수록 대화는 시시콜콜한 사생활 이야기, 선배들의 푸념, 험담, 정치 이야기로 번졌다. 서파이는 말없이 고개를 끄덕이며, 때때로 어색한 미소로 반응했다.

그는 장부에 날짜와 금액을 써넣고 사인하는 것으로 술자리를 마무리했다. 혹시나 장부에 남은 금액이 부족하면, 마이너스로 금액을 적어 두거나, 선배들 중 누군가가 결제를 했다.

일주일에 네 번은 이런 식으로 마련된 술자리가 있었다. 서울에서 내려온 선배들 대부분은 주말부부였고, 억눌렸던 술에 대한 갈증을 풀기라도 하듯 거의 매일 술을 마셨다.

다만 금요일만큼은 예외였다. 그날만은 회식이 없었다. 대부분의 선배들이 저녁 무렵 KTX를 타고 서울로 올라가기 때문이었다.

금요일 저녁부터 일요일까지, 혁신도시는 사람의 온기가 빠져나간 듯 조용했고, 도시 전체가 잠시 멈춘 듯한 유령도시로 변했다.

그런 주말, 서파이는 누구보다 일찍 회사에 도착했다. 정문은 굳게 닫혀 있었지만, 그는 사원증을 단말기에 대고 후문을 열어 조용히 들어섰다. 텅 빈 로비엔 불이 꺼져 있었고, 복도는 적막했다.

엘리베이터 세 대 중 두 대는 '운행 중지' 표시가 붙어 있었고, 유일하게 작동하는 한 대가 천천히 아래로 내려오고 있었다. "전기 아끼는 데는 진심이군…" 서파이는 혼잣말처럼 중얼거리며 사원증을 출입구 단말기에 갖다 댔다.

"딩!" 소리와 함께 문이 열리자, 그는 엘리베이터를 타고 7층 버튼을 눌렀다. 천천히, 아주 천천히 올라가는 엘리베이터 안. 거울에 비친 자신의 모습은 한껏 무표정했다.

7층에 도착한 그는 조용히 사무실 문을 열었다. 깜깜한 사무실 안엔 사람 하나 없었고, 책상은 그대로였다. 서파이는 입구 쪽 전등 스위치를 눌렀다. LED등이 "딱" 소리를 내며 하나씩 켜졌다.

사무실엔 아무도 없었다. 전화도, 프린터도, 커피 머신조차 조용했다.

간만에 서파이의 귀에 들리는 건 자신의 발소리뿐이었다.

'드디어… 혼자다.'

그는 곧장 자신의 자리로 가 컴퓨터를 켰다. 한껏 벼르고 준비해 온 임무를 수행할 시간이었다.

인트라넷 로그인 화면 앞에서 서파이는 잠시 손가락을 멈췄다.

대한민국 행정망의 사이버 보안을 책임진다는 정보보호본부. 그러나 그 거창한 이름 뒤에 숨겨진, 너무나도 허술한 현실을 그는 누구보다 잘 알고 있었다.

"서 주임, 이걸로 내 휴가 좀 대신 올려 줘."

서파이는 팀장이 자신의 일을 떠넘기기 위해 아무렇지 않게 건넸던 계정 정보를 떠올렸다. 본부 내 팀 막내들끼리도 일을 대신해 주기 위해 계정 정보를 서로 공유하는 일이 흔했고, 덕분에 그는 정보보호본부 내 웬만한 팀장들의 계정 정보를 상가 화장실 비밀번호처럼 줄줄 꿰고 있었던 것이다.

세계 최고 수준의 해킹 기술을 보유한 그는 단 한 번도 그 기술을 쓸 일이 없었다. 그가 해야 했던 건 단 하나였다.

팀장의 사번을 입력한 뒤, 비밀번호 칸에 '1q2w3e4r'을 입력하는 것.

[로그인 되었습니다.]

그는 로그인에 성공한 화면을 보며 한숨을 쉬었다.

'북조선에선 최소한 비밀번호를 다른 사람에게 알려 주지는 않았는데…'

겉은 화려하지만 속은 허술한 남한의 현실에 '남한 행정망을 마비시키려면 해킹이 아니라 전산센터에 불을 지르는 게 더 낫지 않을까?' 하는 일어날 리 없는 황당한 상황이 그의 머릿속에 불현듯 떠올랐다 사라졌다.

로그인만으로, 그는 본부 내 모든 자료를 자유롭게 열람할 수 있었다. 하지만 이상했다. 결재 문서와 업무 보고서들을 샅샅이 뒤졌지만, 임무 수행에 필요한 기술적 정보나 전산망 설계도, 시스템 운영 내역은 어디에도 존재하지 않았다. 반복적으로 등장하는 건 용역업체의 보고서 요약본, 그리고 '기술 담당: 용역업체'라는 단 한 줄의 문구뿐이었다.

'대체… 여긴 무슨 일을 하고 있는 거지?' 그는 머리를 갸웃했다. 문서들은 대부분 한글로 작성한 보고서들뿐이었고, 기술 관련된 항목은 전부 '용역업체와 협의 예정'이라는 말로 끝나 있었다.

놀랍게도 모든 실무는 외주였다. 보안 설계도, 시스템 관리도 전부 용역업체가 맡고 있었고, 그마저도 매년 업체가 바뀌었다.

'근데… 이 와중에도 회사가 돌아간다고?'

남한 사회는 참으로 놀라웠다. 실제 일은 아무도 하지 않는데도, 문서만은 끊임없이 생성되고 있었다.

그는 자리에 앉아 멍하니 모니터를 바라봤다. 커서는 무표정하게 깜빡이고 있었다.

그리고 곧 깨달았다. 애초에 그가 찾는 행정망 관련 핵심 자료는 정보보호본부가 아니라, 정보개발본부 쪽에 있을 가능성이 높았다.

'결국 정보개발본부로 옮겨야 하는 건가.'

하지만 현실은 말처럼 간단하지 않았다. 인사이동은 아무리 빨라도 입사 후 최소 3년이 지나야 신청할 수 있었고, 그마저도 해당 연도의 예산, 팀별 정원(T/O), 인력 채용 결과 등 여러 변수가 맞아떨어져야만 비로소 가능한 일이었다.

모니터는 조용히 대기 상태로 전환되었다. 화면 보호기 속에는 '비밀번호를 철저하게 관리합시다!'라는 문구가 느릿하게 떠다니고 있었다.
창밖 호수공원의 물결이 잔잔히 흔들리고 있었지만, 서파이는 더 이상 움직이지 않았다.

6화
된걱정

* 된걱정: 무겁고 큰 걱정의 북한말

'이대로는… 아무것도 못 한다.'

정보보호본부에 있는 한, 그는 아무 권한도, 아무 정보도 얻을 수 없었다. 용역업체는 매년 바뀌고, 담당자는 아무것도 몰랐다. 전산 시스템에는 단순한 보고용 문서만 넘쳐날 뿐, 행정망의 구조나 핵심 정보는 전부 정보개발본부의 깊숙한 어딘가에 묻혀 있었다.

그날 밤, 서파이는 조용히 혁신도시 홍보관으로 향했다. 홍보관 엘리베이터 제어실은 남한에서 북쪽과 도감청 걱정 없이 유선으로 통신할 수 있는 유일한 장소였다. 그곳만이 안전하게 메시지를 주고받을 수 있는 곳이었고, 다른 장소에서의 통신 시도는 금지되어 있었다. 전화, 이메일, 메신저 그 어떤 방식도 노출될 위험이 있었기 때문이다.

서파이는 조심스럽게 제어실 문을 닫고, 컴퓨터 앞에 앉았다. 낡은 키보드 위에 손을 얹고, 비밀번호를 입력한 후 미리 준비해 온 암호문을 입력했다.

『경로 불일치. 새 열쇠 요청함.』

'보내기'를 누른 뒤, 그는 모니터를 응시하며 깊게 숨을 내쉬었다.

며칠 뒤, 다시 제어실로 돌아온 서파이는 컴퓨터에 보안키를 입력했다.

『강냉이4, 얼음보숭이7.』

잠시 후, 화면이 전환되며 암호화된 수신 메시지 보관함이 열렸다.

메시지는 짧고 간결했다.

『노동팔. KIRA노동조합 위원장. 코드명: 대홍단감자, 현재 행방 알 수 없음…』

같은 조직 내에 자신 외에 또 다른 스파이가 있었고, 그 인물이 신입 연수 때 만났던 노동팔 위원장이었다는 사실에 그는 크게 놀랐다. 하지만 중요한 건, 조직조차 그의 현재 행방을 파악하지 못하고 있다는 점이었다. 이미 오래전 조직 내부에서 사라진 인물.

단순히 연락이 끊긴 걸까? 아니면 조직을 배신한 걸까? 정말로 그가 여전히 동지로 남아 있을지, 서파이는 확신할 수 없었다.

그럼에도 지금 상황에서 기댈 수 있는 건 그뿐이었다. 혼자 이 임무를 완수하는 건 현실적으로 불가능해 보였고, 내부에 영향력을 가진 누군가의 도움이 절실했다.

다음 날, 서파이는 그를 만나기 위해 조용히 KIRA 건물 지하1층으로 향했다. 지하 주차장을 지나, 어둡고 긴 복도를 따라 걸었다. 누군가 일부러 숨겨 놓은 듯 눈에 잘 띄지 않는 회색 철문 앞에 멈춰 섰다.

출입문 옆에는 오래된 아크릴 간판이 힘없이 매달려 있었다. 'KIRA노동조합'. 간판의 글씨는 반쯤 지워졌고, 가장자리는 변색돼 있었다. 벽면은 회색 페인트가 군데군데 벗겨져 콘크리트가 드러나 있었고, 천장에는 먼지를 뒤집어쓴 배관들이 거미줄처럼 얽혀 있었다.

문틈 아래로 클래식 음악이 희미하게 새어 나왔다. 서파이는 숨을 고른 뒤, 문을 '똑똑' 두드렸다.

"노동팔 위원장님 계십니까?"

안에서는 인기척만 느껴질 뿐, 대답은 없었다. 그는 조심스럽게 문을 열었다.

문이 열리자 담배 냄새와 싸구려 커피향이 확 밀려 나왔다. 좁고 눅눅한 실내에는 낡은 소파, 나무 책상, 오래된 철제 사물함이 곳곳에 널려 있었다. 구석에서는 오래된 제습기가 윙윙거리며 돌아가고 있었고, 그 주변엔

투명한
조합비 운영
단결
투쟁
WHISKY

반쯤 비워진 컵라면 용기가 놓여 있었다.

책상 앞에 앉아 있던, 머리숱이 정수리까지 밀려나고 배가 불룩 나온 중년 남자가 손에 들고 있던 현금 뭉치를 서둘러 서랍 안에 밀어 넣었다. 고개를 들며 맞은 서파이의 눈을 짧게 훑었다. 그 눈빛엔 순간적인 경계심이 스쳐 갔다.

"노동팔 위원장님이십니까?"

서파이는 정중히 물었다. 억양도 발음도 교과서적으로 정제된 서울 말씨였다.

노동팔은 천천히 고개를 끄덕이며 자리에서 일어났다.

"아, 서파이 조합원님. 무슨 일이신가요?"

노동팔은 신입사원 연수에서 만났던 서파이를 기억했다.

서파이는 주위를 한 번 둘러보더니 조심스럽게 말을 꺼냈다.

"혹시… 다른 팀으로 옮기고 싶은데 도움을 주실 수 있겠습니까?"

노동팔은 의미심장하게 웃으며 다시 자리에 앉았다.

"일단 앉아서 음료 한잔 하시죠. 이야기야 천천히 해도 되니까."

두 사람은 노조 사무실 한쪽 낡은 소파에 마주 앉았다.

"뭐든 성의가 있으면, 안 되는 일도 되는 세상입니다."

그는 비타500 2개를 테이블에 올려 두며 말을 이었다.
"한… 오백만 원쯤? 그 정도면 방법을 찾아 볼 수 있어요."

잠시 침묵이 흘렀다. 노동팔은 서파이의 얼굴을 살펴보다 말을 덧붙였다.
"그렇게 옮긴 사람 많아요. 서파이 조합원님 팀의 사아순 선임도 내가 힘 좀 써서 옮겨 준 거예요. 그리고 그 돈, 나 혼자 먹는 거 아닙니다. 들어갈 데가 많아요. 회사 여러 사람에게 들어가야 힘을 발휘하는 거예요."

그 순간, 노동팔의 시선이 서파이의 손으로 향했다.

서파이의 손가락 관절엔 특이한 굳은살이 잡혀 있었다. AK-74를 기반으로 북한에서 개발한 88식 보총을 오래 다룬 자의 손가락에서만 보이는 압력의 흔적. 게다가, 그의 서울말은 마치 학원이라도 다닌 듯 지나치게 정확했다.

노동팔의 눈이 가늘어졌다.
"서파이 주임님, 혹시 고향이 어디신가요?"

"서울입니다." 서파이는 담담히 답했다.

잠시 정적이 흘렀고, 노동팔은 조용히 자리에서 일어섰다. 그의 등 뒤엔 '채용 비리 척결하자!'라는 문구가 적힌 현수막이 걸려 있었다.

"너, 위에서 왔지?"

그의 목소리는 낮고 단단했다.

"네, 맞습네다."

서파이는 숨김 없이 대답했다.

노동팔은 한동안 서파이를 노려보았다. 그를 제압할까 잠시 고민하는 듯했지만, 이내 불룩한 배를 쓸어내리며 한숨을 내쉬었다.

'그래, 내가 뭘 하겠냐? 지금 나는 그냥 배 나온 아저씨일 뿐이야.'

그는 피식 웃으며 자리에 앉았다.

"아직도 그런 사람들을 보내는구먼… 난 이제 그런 시대는 끝난 줄 알았어."

서파이는 곧장 본론으로 들어갔다.

"임무 수행이 어렵습니다. 협조를 요청합니다."

노동팔은 테이블 위에 두 손을 포갠 채, 한동안 말이 없었다. 이윽고 고개를 숙인 그는, 마치 오래된 짐을 꺼내는 사람처럼 조용히 입을 열었다.

"난 그쪽 일이랑 이제 연 끊었어. 연락도 끊은 지 오래고, 솔직히 관심도 없어. 지금은 애 키우고, 아파트 대출 갚고, 조합비 정리하면서 사는 게 내 전부야."

그리고는 눈길을 피하지 않고 덧붙였다.

"내가 아무리 돈을 좋아해도, 북쪽 돈은 받지 않아. 나는 말이지… 잃을 게 많은 사람이야."

그는 음료수를 한 모금 마시고 계속 이야기했다.

"예전엔 조국을 위해 헌신한다고 믿었지. 근데 지금 돌이켜 보면… 그때나 지금이나 난 그냥 소모품이었어. 활동비는 한 푼도 안 보내면서, 요구하는 건 점점 더 많아졌어. 조선은 더 이상 희망을 주지 못해. 그게 현실이야."

서파이는 말없이 그를 바라보았다. 한때 같은 편이었던 사람에게서 흘러나온 그 말은, 잔인하리만큼 현실적이었다.

"그래서… 협조를 거절하십니까?"

노동팔은 고개를 천천히 돌렸다. 그의 목소리는 흔들림 없이 단호했다.

"미안하지만… 그래. 오늘 만남은 없었던 걸로 하지."

그날 저녁. 노동팔은 소파에 깊숙이 몸을 파묻은 채, 어둑한 노조 사무실 안을 멍하니 바라보고 있었다. 탁자 위에는 반쯤 비워진 위스키병과 잔 하나가 놓여 있었다. 방 안은 고요했다. 벽시계의 초침 소리만이 또렷하게 울려 퍼졌다.

'그쪽에서… 아직도 날 기억하고 있었던 건가?'

그는 자신이 이미 북쪽의 기록에서 지워졌다고 믿고 있었다. 연락은 끊긴 지 오래였고, 활동비도 더 이상 오지 않았다. 그래서 자신은 잊혔다고, 이제는 관심 밖의 존재가 되었다고 생각했다. 아니, 그렇게 믿고 싶었다. 하지만 서파이는 그의 정체를 알고 있었고, 그를 찾아왔다.

'설마… 날 제거하러 보낸 건 아니겠지?' 노동팔은 등줄기를 타고 흐르는 식은땀을 손등으로 훔쳤다.

그는 조용히 술잔에 위스키를 채웠다. 천천히 잔을 들어 입에 털어 넣었다. 위스키가 목을 타고 내려가자 속이 알싸하게 달아올랐다.

그리고, 그는 무언가 결심했다.

그날 밤, 노동팔은 백팩을 둘러메고 조용히 혁신도시 홍보관으로 향했다. 영업시간이 지난 건물은 불이 꺼져 있었고, 내부는 적막했다. 그러나 그에게는 낯선 곳이 아니었다.

그는 곧장 엘리베이터 제어실로 들어섰다. 제어 스크린에선 여전히 '우주 체험' 영상이 무음으로 반복되고 있었다. 성층권을 돌파하는 가상 우주선, 빛나는 별무리들.

노동팔은 조용히 제어 패널 앞에 섰다. 이 시스템은 그가 처음부터 관리해 온 것이었다. 설계부터 시공, 유지보수까지 모두 그의 손을 거친 구조물.

그는 깊게 숨을 들이쉰 뒤, 조용히 백팩에서 소형 공구를 꺼냈다. 손놀림은 능숙했고, 망설임이라곤 없었다. 누가 봐도 단순한 기계 오작동처럼 보이도록 회선을 일부 차단한 뒤, 자신만이 풀 수 있는 방식으로 시스템을 봉인했다.

작업을 마친 그는 패널 안쪽, 외부에서는 절대 눈에 띄지 않을 만한 한구석에 작은 스티커 하나를 꺼내 붙였다. 노랗고 둥글게 웃고 있는 감자 그림이 그려진 스티커였다. 그는 자신의 코드를 상징하는 그 감자 스티커에 손끝을 살짝 얹어 꾸욱 눌렀고, 입꼬리를 한쪽만 올리며 조용히 웃었다.

"이제 이건… 나만 다시 움직일 수 있지."

그는 낮게 중얼거리며 패널을 천천히 닫았다. 엘리베이터를 완전히 망가뜨리진 않았다. 필요한 순간에만 다시 작동할 수 있도록, 그 통제권을 자신에게만 남겨 둔 셈이었다.

협상의 여지는 남겨 두되, 그 주도권은 자신에게 있게 만드는 일. 그건 마지막 자구책이자 경고였다.

"날 건드리면, 이 엘리베리터를 다시는 못 써. 그쪽도 그걸 알겠지."

노동팔은 멈춘 기계 앞에 한동안 서 있다가, 조용히 몸을 돌려 어둠 속으로 걸어 나갔다. 그의 발소리는 텅 빈 홍보관 안에서 낮게 울렸다.

며칠 뒤. 정기 활동 보고를 위해 홍보관에 들른 서파이는 이상 징후를 감지했다. 제어실에서 컴퓨터에 지정된 코드를 입력했지만, 전혀 반응이 없었다. 스크린에는 아무런 변화도 없었고, 기계는 미동조차 없었다.

서파이는 컴퓨터 앞에 한동안 서 있었다. 다시 코드를 입력해 보고, 케이블 연결 상태를 확인한 뒤 패널을 조심스레 열어 내부 회로를 살폈다.

그 순간, 그의 시선이 한곳에서 멈췄다. 회로 구석, 외부에선 절대 보이지 않을 자리에 작은 스티커 하나가 붙어 있었다.

노랗고 둥근 감자 그림. 서파이는 그 스티커를 가만히 바라보다, 눈빛이 살짝 흔들렸다.

'노동팔 위원장…?'

서파이는 조용히 문 앞에 멈춰 섰다. 그제야 모든 퍼즐이 맞춰졌다. 노동팔은 자신의 제안을 단호히 거절했고, 이제 엘리베이터의 통제권은 그의 손안에 있었다.

서파이는 깨달았다. 이제는 돌아갈 길도, 상부와의 연락망도 모두 끊긴 것이다.

'이젠… 정말 혼자다.'

서파이는 천천히 손을 뻗어 엘리베이터 제어실의 벽을 짚었다. 금속 표면의 차가운 감촉이 손끝에 와닿았다.

'이제부터는… 스스로 해내야 한다. 끝까지.'

그 감촉은 차갑고 묵직했다.
그의 마음처럼. 그리고 그가 감당해야 할 임무처럼.

7화
떼질

* 떼질: 억지부리는 것의 북한 말

나주의 가을은 아름다웠다. 온갖 나무들이 알록달록 단풍으로 물들고, 과수원마다 잘 익은 나주배가 주렁주렁 달려 있었다. 맑고 청량한 하늘 아래 펼쳐진 노란빛 배들은 풍성한 가을의 정취를 물씬 풍겼다.

그날 오전, 회사 메신저가 깜빡이며 알림을 보냈다. 최애순이었다.

"오빠들, 오늘 점심 빨리 먹고 산림연구원에 산책이나 갈까요? 오늘 날씨 너무 좋던데요!"

서파이와 박정의는 최애순의 제안에 흔쾌히 승낙했다.

점심시간이 가까워지자, 서파이는 미리 준비를 마치고 정각에 맞춰 1층 구내식당으로 뛰어 내려갔다. 식당에는 박정의와 최애순이 이미 와 있었다.

셋은 메뉴판을 잠시 훑어보다가 줄이 짧은 메뉴를 골랐다. 선택한 메뉴는 하필 평소 직원들에게 외면받던 코다리 조림이었고, 심지어는 코다리가 이븐하게 익지 않았지만, 오늘만큼은 누구도 불평하지 않았다.

먹는 둥 마는 둥 급하게 점심을 마친 셋은 곧 자리에서 일어났다. 서둘러 식판을 반납하려는 찰나, 박정의의 휴대폰이 다급하게 울렸다.

“미안, 선배가 오후 회의 준비한다고 카페로 호출하네. 나 먼저 갈게!”

박정의가 황급히 자리를 뜨자, 최애순은 서파이를 보며 가볍게 어깨를 으쓱했다.

“오빠, 어쩔 수 없죠. 우리 둘이서 내 차 타고 산림연구원에 산책이나 하러 가시게요.”

둘은 회사 주차장으로 이동해 최애순이 최근에 중고로 구입한 DN자동차의 노란 경차를 탔다. 운전석에 앉은 최애순은 기대에 찬 얼굴로 안전벨트를 메고 크게 외쳤다.

“시동… 췍!”

의욕 넘치게 외치며 스타트 버튼을 눌렀지만, 차는 미동도 없었다. 계기판 불만 깜빡일 뿐, 시동은 걸리지 않았다. 어리둥절한 표정으로 다시 한 번 버튼을 누르려던 찰나, 옆에서 서파이가 조심스럽게 말했다.

“브레이크는 밟았지?”

“아, 근가요?”

최애순은 민망하게 웃으며 발끝으로 브레이크를 꾹 누르며 버튼을 눌렀고, 그제야 차는 가볍게 진동하며 시동이 걸렸다.

서파이는 조수석에 앉아 안전벨트를 매면서도, 벌써부터 뭔가 불길한

예감을 지울 수 없었다. 그 예감은 곧 현실이 되었다.

최애순은 아직 초보운전 딱지를 떼지 못한 솜씨였다. 시동이 걸리자마자 브레이크 대신 엑셀을 밟는 바람에 차는 갑자기 튀어나가듯 출발했고, 놀란 최애순은 급히 브레이크를 밟았지만, 이번엔 너무 세게 밟는 바람에 차가 '끼이익!' 소리를 내며 멈춰 섰다. 조수석에 앉은 서파이의 상체는 고개 숙여 인사라도 하듯 앞으로 휘청했고, 안전벨트가 목까지 파고들었다.

우여곡절 끝에 차는 출발했지만, 페달에 이어 핸들 조작까지 불안했다. 노란 경차는 차선 위를 마치 제멋대로 헤엄치는 물고기처럼 이리저리 흔들리며 넘나들었다. 주행은 매끄럽다기보단, 마치 태풍 경보 속에서 표류하는 고무보트를 연상시켰고, 조수석에 앉은 서파이는 안전벨트를 맨 채 마음속으로 조용히 구명조끼의 위치를 상상하고 있었다.

"아이구, 길이 생각보다 좁네잉."

최애순은 민망한 듯 웃으며 핸들을 부여잡았지만, 서파이는 본능적으로 창문 위 손잡이를 꽉 움켜쥐었다.

지하 땅굴을 달리던 간이 모노레일에서는 꼬박 이틀을 보내도 전혀 불안하지 않았지만, 지금 이 5분은 그보다 훨씬 길고 아찔하게 느껴졌다.

전라남도 산림연구원의 메타세쿼이아 길은 붉게 타오르는 듯한 가을빛으로 물들어 있었다. 거대한 나무들은 하늘을 찌를 듯 곧게 뻗어 있었고, 발아래로는 붉은 낙엽이 부드럽게 깔려 있었다. 서파이는 높고 깊은 나무 터널 아래를 걸으며, 바삭거리는 낙엽 소리와 선선한 바람에 온몸이 물드는 듯한 기분을 느꼈다.

"오빠, 우리 회사 수석 중에요, 엑셀 펑션을 못 믿어서 직접 계산기로 숫자를 두드리는 사람이 있다니까요? 참말로 신기한 일이지라."

최애순은 손으로 머리카락을 귀 뒤로 넘기며 웃었다. 그녀의 입술에서 자연스럽게 흘러나온 전라도 사투리는 서파이에게 이상하게도 따뜻하고 부드럽게 들렸다.

서파이는 저도 모르게 피식 웃었다.

"그런 사람을 보면 한심하다가도, 그런 사람도 정년이 보장된다니 그것도 다행인 것 같고… 여러모로 거시기한 기분이 들어요."

최애순은 쿡 웃으며 발끝으로 낙엽을 툭 찼다.

그 순간, 붉은빛 사이로 환하게 웃는 그녀의 모습이 유난히 눈부시게 느껴졌다. 가을 햇살에 물든 긴 속눈썹, 살짝 올라간 입꼬리, 바람에 살짝 흐트러진 머리카락.

서파이의 심장은 순간 이유 모를 불안과 설렘으로 살짝 뛰었다. 아무 말 없이 그녀를 바라보는 그의 눈빛이, 가을바람처럼 조용히 흔들리고 있었다.

그날 오후, 서파이는 노동팔의 호출을 받고 회사 옥상 흡연장으로 향했다. 옥상 출입문을 열자, 싸늘한 가을바람이 거칠게 얼굴을 때렸다. 난간 곳곳에는 녹슨 자국이 보였고, 모서리마다 담배꽁초가 쌓여 있었다. 바람은 생각보다 세차서, 조금만 떨어져 있어도 상대방 목소리가 바람에 휘말려 들리지 않았다. 이곳은 비밀을 나누기에 안성맞춤인 곳이었다.

노동팔은 담배를 피우지 않은 채, 한 개비를 꺼냈다 다시 넣는 동작을 반복하고 있었다. 그는 손에 쥔 담배를 빙글빙글 굴리며 서파이를 바라봤다.

"서파이, 오늘 중요한 할 말이 있어. 지금부터 하는 말, 잘 들어."

노동팔은 짐짓 가벼운 어조로 말을 걸었다. 하지만 그 눈빛은 서늘했다. 서파이는 대답 없이 조용히 서 있었다.

노동팔은 손가락 사이에서 담배를 가볍게 튕기며 말을 이었다.

"조용히 북쪽으로 떠나라. 그러겠다면… 내가 그 엘리베이터도 다시 작동시켜 주지."

그는 입꼬리를 살짝 비틀어 올리며 마지막 유혹을 던졌다.

서파이는 가을바람을 뚫고 천천히 입을 열었다.

"저는 여기에서 더 해야 할 일이 있습니다."

그 짧지만 단단한 대답이 나오기까지, 서파이의 마음속엔 한 사람이 떠올랐다. 고단한 숨을 내쉬며 병상에 누워 있는 이모의 얼굴.

노동팔의 얼굴에 서서히 그늘이 드리워졌다.

"참 고집 세네. 알아 둬라, 동무."

노동팔은 담뱃갑을 손등으로 툭툭 두드리며 비웃듯 말했다.

"네가 여기 남겠다고 하면… 난 널 회사에서 반드시 쫓아낼 거다."

나른한 어조였지만, 숨은 날카로움은 감춰지지 않았다. 노동팔은 한 발짝 다가오며 낮은 목소리로 속삭이듯 덧붙였다.

"회사는 내가 꽉 잡고 있어. 너 하나 내보내는 건 일도 아냐."

서파이는 눈 하나 깜박이지 않고 맞섰다.

"그럼 그렇게 하십시오."

바람이 둘 사이를 거칠게 가로질렀다. 노동팔은 담배 한 개비를 부러뜨려 바닥에 떨어뜨리고, 담뱃갑을 손에 쥐었다.

"좋아. 그럼 어떻게 될지 지켜보자고."

그는 마지막으로 쓴웃음을 흘리고, 천천히 옥상 출입문을 열고 사라졌다.

서파이는 흡연장의 담배 냄새 속에서 한동안 가만히 서 있었다.

얼마 뒤, 회사 복도 한쪽 벽면에 커다란 포스터 하나가 붙었다.

『추석맞이 KIRA노동조합 위원장 배 게임대회』

노조 간부가 직접 디자인한 듯 촌스러운 신명조체 글씨 아래, 대회 종목이 나열되어 있었다. 스타크래프트, 브롤스타즈, 그리고 리그 오브 레전드(LOL).

참가비는 인당 조합원 1만 원, 비조합원 2만 원. 상금은 종목별로 1등 팀 20만 원, 2등 팀 10만 원, 3등 팀 5만 원.

서파이는 무심코 그 포스터 앞에 멈춰 섰다.

브롤스타즈. 스마트폰이 아직 낯설었던 시절, 광고를 잘못 터치해 깔린 게임이었다. 별 기대 없이 시작했지만, 틈틈이 하다 보니 은근히 재미를 느꼈던 기억이 떠올랐다.

"오빠, 우리 이거 나가 봐요잉!"

옆에 다가온 최애순이 눈을 반짝이며 말했다.

"정의 오빠도 불러서 셋이 팀 만들어요. 마침 우리 셋 다 이 게임 하잖아요잉."

결국 셋은 게임대회에 참가하기로 하고, 퇴근 후 빈 회의실에 모여 연습을 시작했다.

팀 명은 최애순이 정했다. '브롤스나주'.

"브롤스타즈랑 나주 합친 거예요. 귀엽죠잉?"

최애순은 해맑게 웃었다.

처음엔 셋의 팀플레이가 엉성했다. 하지만 서파이는 게임에 금세 감을 잡았고, 박정의 역시 숙련된 솜씨를 보였다. 연습을 거듭할수록 최애순도 눈에 띄게 실력이 늘면서, 셋의 호흡은 점점 자연스럽게 맞아 갔다.

'이 정도면, 1등까지 노려 볼 수 있겠는데.' 서파이는 속으로 생각했다.

다음날, 일과 중 사아순 선임은 서파이를 불렀다.

"주임님, 저기… 스타크래프트 종목도 나가 볼래요?"

서파이는 눈을 깜빡였다.

"스타는 해 본 적이 없는데요…"

사아순은 가볍게 웃었다.

"괜찮아요. 주임님은 그냥 저글링만 만들면 돼요. 유튜브 영상 한 번만 보고 오세요. 나머진 제가 다 알아서 할게요."

뜻밖에도 그녀는 왕년에 프로게이머를 꿈꿨던 고수라고 했다. 그런데 함께 대회에 나갈 팀원이 없어, 서파이에게 참가비까지 대신 내줄 테니 부탁한다며 간곡히 권해 왔다.

서파이는 잠시 고민하다 알겠다고 대답했다.

팀명을 정하는 것은 서파이의 몫이었다. 하얀 신청서 앞에 앉아 한참을 고민하던 그는, 펜을 들어 조심스럽게 적었다. '워매저글링'.

그렇게 서파이는 추석맞이 KIRA노동조합 위원장 배 게임대회에 '브롤스나주'와 '워매저글링' 두 팀의 일원으로 나서게 되었다.

나주의 하늘은, 어느새 진한 가을빛으로 물들어 있었다.

게임대회 당일, KIRA 2층 강당은 뜨거운 열기로 가득 차 있었다. 가운데 테이블에는 스타크래프트와 롤을 위한 컴퓨터가 세팅되어 있었고, 양쪽에는 스마트폰 게임인 브롤스타즈 참가자들을 위해 빈 책상과 의자가 놓여 있었다.

게임대회에 참가한 직원들은 삼삼오오 모여 담소를 나누며 긴장을 풀고 있었고, 한쪽에서는 스타크래프트와 롤 팀들이 진지하게 전략을 짜고 있었다.

강당 무대 중앙에는 붉은색 현수막이 걸려 있었다.

『추석맞이 KIRA노동조합 위원장 배 게임대회』

행사 시작을 알리는 진행요원의 멘트가 울리고, 이어서 위원장 소개가 이어졌다.

잠시 후, 노동팔 위원장이 무대 위로 올라섰다. 구겨진 셔츠 위에 붉은 조끼를 걸친 노동팔은 마이크를 손에 들고 무표정하게 입을 열었다.

"우리 KIRA노동조합 조합원 여러분, 오늘 이 대회를 통해 동지애를 돈독히 하고, 화합과 단결을 다지는 귀한 시간이 되길 바랍니다."

축사는 짧고 건조했다. 회색빛 강당 조명 아래, 노동팔은 무심한 표정으로 군중을 훑다가 서파이 쪽에서 잠시 시선을 멈췄다. 그 눈빛은 단순한 인사치레가 아니었다. 분명한 의도와 경계가 담긴, 예사롭지 않은 눈빛이었다.

곧이어 세 종목 중 가장 먼저 시작된 경기는 브롤스타즈였다. 이날 진행된 브롤스타즈 게임의 모드는 '젬 그랩'. 세 명이 한 팀을 이루어 일정 시간마다 생성되는 보석 10개를 먼저 모은 뒤, 그 상태로 15초를 버티면 승리하는 방식이다.

서파이는 '레온' 캐릭터를 골랐다. 카멜레온처럼 몸을 숨길 수 있는 은신 능력을 지닌 암살형 캐릭터. 기회를 엿보다가 결정적인 순간에 나타나 적을 제거하는 레온은 마치 스파이와도 같았고, 서파이의 모습과도 꼭 닮아 있었다.

최애순은 '쉘리'를 골랐다. 정교한 조작은 서툴러 자동조준에 의존했지만, 근거리에서는 누구도 감당할 수 없는 강력한 산탄 공격으로 전장을 휘어잡는 캐릭터였다. 단순하지만 강력한, 그녀에게 딱 맞는 선택이었다.

박정의는 특이하게도 한국인 캐릭터인 '재용'을 골랐다. 재용은 '낮에는 평범한 직장인, 밤에는 노래방의 신'이라는 콘셉트로 최근 등장한 코믹한 캐릭터였다.

브롤스타즈 16강 첫 경기는 시작하자마자 승부가 났다. 보석이 생성되는 중앙 지역을 빠르게 장악한 브롤스나주 팀은 철벽 수비를 펼쳤고, 상대 팀은 단 한 번도 안쪽으로 진입하지 못했다. 순식간에 보석 10개를 확보한 브롤스나주 팀은 안정적으로 시간을 벌며 무난하게 첫 승을 챙겼다.

그러나 8강은 달랐다. 상대 팀은 '싹쓰리'. 평소에도 점심시간마다 게임을 붙잡고 산다는 고수들이었다. 들리는 소문에 의하면 팀원 중 한 명은 브롤스타즈에만 100만 원 이상의 현질을 했다는 이야기도 있었다.

8강 게임의 초반은 브롤스나주 팀이 리드했다. 최애순이 보석을 잘 수집하며 팀은 5개를 확보했지만, 곧 그녀가 적의 협공에 당하며 모든 보석을 흘리고 말았다. 이 틈을 놓치지 않은 싹쓰리 팀이 재빨리 보석 10개를 모으고 카운트다운이 시작되었다.

15… 14… 13…

10초가 남았을 무렵, 서파이는 레온의 궁극기인 은신을 발동하며 적의 시야를 피해 조용히 적진으로 침투했다. 보석 5개를 들고 있던 상대팀의 핵심 캐릭터를 단숨에 암살하자, 카운트다운은 즉시 중단됐다.

"어? 뭐야… 어디서 나왔어?"

당황한 상대 팀의 목소리가 들렸다.

바로 그때 박정의가 궁극기를 발동해 회복 스킬을 사용, 방금 전 위험천만한 임무를 마치고 돌아와 바닥난 서파이 캐릭터의 체력을 회복시켰다. 이어지는 전투에서 박정의는 집중력을 발휘해 적 한 명을 처치했고, 보석 4개를 추가로 빼앗았다.

최애순도 다시 집중하여 생성된 보석을 수집해 팀의 보석 수는 어느새 10개에 도달했다. 브롤스나주 팀은 곧바로 지도 가장자리로 이동해 수비 포지션을 잡았고, 다시 시작된 카운트다운에 상대팀은 우왕좌왕하기 시작했다.

"야야, 저쪽으로 갔다!"

"아니야, 여기 숨었어!"

그러나 승부는 그대로 굳어졌다. 브롤스나주 팀은 15초를 버티며 4강에 진출했다.

"이거 진짜 1등도 노려 볼 수 있겠는 걸?" 박정의가 웃으며 말했다. 최애순도 손바닥에 땀을 쥔 채 고개를 끄덕였다.

그러나 바로 그때였다. 진행요원이 갑자기 무대로 올라와 마이크를 잡았다.

"공지사항 있습니다. 익명의 제보에 따라, 서파이 조합원이 다른 종목에도 중복 출전한 사실이 확인되었습니다. 부정행위가 발견됨에 따라 브롤스나주 팀의 4강 경기는 실격 처리하겠습니다."

강당 안은 순간 얼어붙은 듯 조용해졌다. '1인 1게임만 출전 가능'이라는 규정은 어디에도 없었다. 출전 신청서에도, 대회 안내문에도 그런 말은 한 줄도 쓰여 있지 않았다. 하지만 노동조합 측은 '규정에 나와 있지 않아도 그 정도는 상식'이라고 하였고, 모순되게도 곧바로 그 내용을 규정에 추가했다.

"공정한 대회를 위해 부득이하게 적용하는 조치입니다."

노조 측의 일방적인 통보에, 강당 안 누구도 항의하지 않았다. 모두가 노조의 권위에 침묵했다.

서파이는 스타크래프트 종목에도 출전하지 못했다. 워매저글링 팀은 시작도 전에 부정행위로 몰수패 처리되어 버렸기 때문이다. 모든 과정은 순식간에 끝났고, 노조로부터 참가비도 돌려줄 수 없다는 답변만 돌아왔다.

서파이는 조용히 강당 구석에 서서, 서늘한 공기 속에서 천천히 숨을 골랐다. 멀리서 노동팔이, 무표정하게 그를 내려다보고 있었다.

며칠 뒤, 노동조합 게시판에 조용히 공지가 올라왔다.

『조합 행사 방해에 따른 징계 처분』

서파이는 별다른 통보도 없이 무기한 '정권' 처분을 받은 사실을, 노조 게시판을 보고서야 알게 되었다.

'정권.'

조합비는 그대로 내야 하지만, 조합원의 그 어떤 권리도 행사할 수 없는 상태. 투표도, 발언도, 게임대회 참가도. 이제 그는 노동조합 안에서 영원히 목소리를 가질 수 없는 투명 인간이나 다름없었다.

"이게 말이 돼?"

박정의가 옥상 흡연실 한쪽 구석에 앉아 커피컵을 탁 내려놓으며 말했다.

"상식적으로 이건 너무 일방적이잖아. 소명할 기회도 안 주고."

최애순도 고개를 끄덕였다.

"어떻게 보면 조합원은 돈을 내는 고객인디, 고객 알기를 우습게 알아부네요."

서파이는 쓴웃음을 지었다.

건물 밖으로 바람에 흔들리는 은행잎들이 보였다. 서파이는 무기력하게 떨어지는 잎새들을 바라보며, 이번 노조의 징계를 떠올렸다.

사실, 노조 규약에는 분명히 징계 시 조합원의 소명을 듣도록 절차가 명시돼 있었다. 하지만 그마저도 무시됐다. 결정은 이미 내려져 있었고, 절차는 그저 형식에 불과했다.

머릿속에는 북한에서 보던 '인민재판의 장면'이 겹쳐졌다. 결과를 정해 놓고, 과정은 요식 행위로 꾸미던 그 광경.

옥상 출입문 옆 한쪽 벽에는 날짜가 지난 '게임대회' 포스터가 아직도 덩그러니 붙어 있었다. 그 포스터를 한참 바라보던 서파이는 천천히 고개를 저었다.

여기는 분명 남쪽이어야 했다. 그런데, 어쩐지 점점 북쪽을 닮아 가고 있었다.

며칠 뒤, 노동팔은 서파이를 지하 1층 노동조합 사무실로 불러냈다. 노조 사무실은 여전히 퀴퀴한 지하 냄새가 가득했고, 바닥에는 희미하게 먼지가 쌓여 있었다.

서파이가 문을 열고 들어서자, 노동팔은 손짓으로 낡은 가죽 소파를 가리켰다.

“앉지.”

서파이는 말없이 소파로 다가가 천천히 몸을 기댔다. 낡은 가죽에서는 오래된 먼지 냄새가 났다. 노동팔은 반대편 소파에 털썩 앉아 서파이를 노려봤다. 그의 등 뒤, 한쪽 벽에는 ‘조합원과 함께하는 공정한 노동조합’이라는 문구가 적힌 작은 현수막이 덩그러니 붙어 있었다.

노동팔은 손에 쥔 펜을 천천히 돌리며 입을 열었다.
“서파이.” 목소리는 낮고 무거웠다.
“이번 징계는 경고일 뿐이야.”
노동팔은 잠시도 말을 끊지 않고 이어 갔다.
“네가 내 말을 듣든 듣지 않든 상관없어. 결국 너는 이 회사에서 나가게 되어 있어.”

서파이는 침착한 얼굴로 노동팔을 바라봤다. 노동팔은 눈을 가늘게 뜨며 마지막으로 못 박았다.
“걸어서 나가든, 끌려 나가든. 선택은 네 몫이다.”

사무실 안은 무거운 정적에 잠겼다. 서파이는 오래된 소파에 등을 기대고, 천천히 숨을 고르며 대답 없이 일어섰다. 그리고 아무 말 없이 문 쪽으로 걸어갔다.

그날 저녁, 서파이는 사무실 자신의 자리에 앉아 식어 버린 믹스커피를 홀짝였다. 커피는 이미 차갑게 식었지만, 마음속 분노는 여전히 뜨겁게 타오르고 있었다.

'이대로 물러설 수는 없다.'

노동조합의 징계를 무력화하고 노동팔의 손아귀에서 벗어나려면 지금의 노동조합을 탈퇴해야 한다. 문제는 유니온숍 제도에 의해 노동조합에서 탈퇴하게 되면 회사에서도 해고당할 수밖에 없다는 점이었다. 서파이는 노동법을 샅샅이 뒤져 가며 해답을 찾았고, 마침내 실마리를 발견했다. 다른 노조에 가입하거나 새로운 노조를 설립할 경우 유니온숍 제도의 해고 조항에서 예외가 적용된다는 점이었다.

KIRA에는 다른 노조가 존재하지 않았다. 그렇다면 남은 선택지는 단 하나뿐이었다.

노동팔에 맞서기 위해서는 자신만의 새로운 노동조합을 만들어야만 했다.

싸움은 이제 시작이었다.

8화
직업동맹

*** 직업동맹: 북한의 노동자 단체로 노동조합과 유사한 단체**

KIRA에서는 매월 첫 번째 월요일 오전 10시, 2층 강당에서 어김없이 월례조회가 열린다. 겉으로는 '전 직원이 모여 정보를 공유하는 자리'였지만, 실제로는 이번 달도 아무 일 없이 지나가길 바라는 일종의 주술 의식에 가까웠다.

"주임님, 오늘도 강당에 미리 가서 뒷자리 맡아 줘요."
출근하자마자 사아순 선임이 슬쩍 귀띔했다.

선배들은 월례조회에서 앞줄에 앉는 걸 꺼렸다. 원장이나 임원들과 눈을 마주쳐 귀찮은 호출이라도 받을까 두려웠던 것이다. 서파이는 고개를 끄덕이고 조용히 강당으로 향했다.

월례조회 시작 20분 전, 강당 문을 열고 들어서자, 아직 자리가 대부분 비어 있었다.

서파이는 뒷자리 한쪽을 선점했다. 가방을 내려놓고 외투를 걸쳐 두며 팀원들을 위한 작은 '영토'를 확보했다.

잠시 뒤, 반가운 동기들이 하나둘 강당으로 들어왔다.

"오, 오빠, 좋은 자리 잡았네잉!"
최애순이 웃으며 다가왔고, 박정의도 피곤한 얼굴로 인사를 건넸다.

오랜만에 보는 동기들과 짧게 안부를 주고받는 사이, 강당은 어느새 KIRA 직원들로 가득 차기 시작했다. 좌석이 하나둘 채워지고, 무대 위 태극기와 회사기가 어색하게 서 있었다.

정각이 되자, 사회자인 박곤대 본부장이 서둘러 등장해 마이크를 잡았다.
"조금만 기다려 주십시오. 원장님께서 곧 도착하십니다."

그렇게 전 직원이 대기하는 가운데, 10분쯤 지나서였다. 어김없이 나카산 원장은 늦게 나타났다. 단정한 정장 차림, 뻣뻣한 걸음. 그가 자리에 앉자, 월례조회가 시작되었다.

"국민의례가 있겠습니다."
사회자의 목소리에 맞춰 모두 일어섰다. 앞쪽에 걸린 태극기를 향해 고개를 들고, 형식적인 경례를 했다.

이어진 순서는 원장님의 말씀. 나카산 원장은 천천히 준비된 원고를 펼치고, 기계처럼 생기 없는 목소리로 읽기 시작했다.

"우리 기관은, 창의와 혁신을 바탕으로, 세계 최고 수준의 기관이 되는 것을 목표로…"

지난달과 뭐가 다른지 알 수 없는 그의 말에, 서파이는 졸음과 싸우며 억지로 눈꺼풀을 들어올렸다. 강당 안의 공기까지 무겁게 느껴졌다.

이번 월례조회에는 특별히 하반기 신입사원들이 입사해 인사하는 시간이 마련되어 있었다. 사회자의 안내에 따라 신입사원들이 줄을 맞춰 무대 위로 올라섰다. 흰 셔츠와 검은 정장 차림, 딱 정해진 대열.

대열을 맞춘 신입사원들은 한 명씩 앞으로 나와, 전 직원 앞에서 각오 한마디씩을 전했다.

"열심히 보다 눈치 빠르게 일 하겠습니다!"

"밝고 긍정적인 척, 끝까지 유지하겠습니다!"

"주어진 일엔 최선을, 안 주신 일엔 조용히 있겠습니다!"

미리 준비한 듯한 유머 섞인 문장들, 센스 있는 각오가 이어졌고, 강당 여기저기서 웃음이 터졌다. 서파이는 무표정하게 그 모습을 바라봤다.

그렇게 전 직원의 시간을 낭비해 가며, 이번 월례조회도 끝났다. 모두가 피곤한 얼굴로 강당을 빠져나갔다.

서파이는 천천히 걸으며 생각했다. '이게 생활총화랑 뭐가 다르지.'

북한에서 말하는 생활총화는 애초에 자유롭게 토론하고 함께 발전하자는 취지로 시작됐지만, 언제부턴가 서로를 감시하고 고발하는 시간 낭비 수단으로 변질된 지 오래였다.

그리고 지금 이곳 역시, 월례조회의 목적은 사라지고 형식만 남은 채 전 직원의 시간만 축내고 있었다.

노동조합을 만들겠다는 결심을 한 이후, 서파이는 퇴근 후 책상에 앉아 틈틈이 인터넷을 뒤지기 시작했다.

'노동조합 설립 방법', '노조법 핵심 요약', '노동조합 신고 절차' 같은 키워드를 검색창에 입력하며, 하나둘 자료를 정리해 나갔다. 낯선 용어들이 쏟아졌지만, 그는 지루함 없이 집중했다. 보고서 수정보다 훨씬 현실감 있었고, 무기력한 회의보다 훨씬 생동감 있었다.

그러다 그는 어느 글에서 시선을 멈췄다.

『노동조합은 2인 이상 모이면 설립 가능합니다.』

단 두 명이면 된다는 말이었다. 서파이 자신을 포함하면, 한 사람만 더 있으면 되었다.

'생각보다 간단하잖아.'

서파이는 희망을 품고 주변을 둘러봤다. 먼저 떠오른 건 평소 말이 잘 통하던 동기들이었다.

점심시간, 그는 동기들과 함께 식사를 하며 슬쩍 말을 꺼냈다.
"근데 우리… 혹시 새로운 노동조합을 만들어 보면 어떨까?"

박정의는 젓가락을 멈췄고, 최애순은 물을 마시다 말고 천천히 고개를 돌렸다.
"새로운 노동조합이요잉?"
"노, 노동조합?"
공기 중의 온도가 이상하게 낮아졌다. 누구도 말을 잇지 않았고, 밥그릇에 고요만 흘렀다.

서파이는 조금 더 진지한 표정으로 말을 이었다.
"그냥… 지금 노동조합이 우리가 내는 조합비만큼의 가치가 있는지, 솔직히 의문이잖아. 지난번 게임대회 기억하지? 규정에도 없는 내용을 만들어 실격 처리를 하고, 거기다가 무기한 징계까지 했잖아. 의견 제시할 기회도 없이, 그냥 일방적으로."

말이 끝나자 잠시 정적이 흘렀다. 박정의가 눈을 피했고, 최애순은 조용히 국만 저었다.

"근데…" 박정의가 조심스레 입을 열었다.
"우리 회사가 그런 걸 좋게 볼까? 신입사원들이 새 노조를 만든다고 하면… 괜히 찍히는 거 아니야?"

최애순도 조용히 말을 보탰다.

"그리고… 다른 직원들은 다 지금 노조에 들어가 있잖아요. 그 상황에서 우리가 따로 뭔가 한다는 게… 가능하긴 할까 싶기도 하고요잉."

서파이는 조용히 물을 들이켰다. 그 말들이 틀린 건 아니었다. 그 역시 처음부터 걱정이 없었던 건 아니었으니까.

그 후로 서파이는 친한 동료들을 한 명씩 조용히 만나 보았다. 하지만 돌아오는 반응은 비슷했다.

"나도 지금 노조는 잘못됐다고 생각하는데… 괜히 엮이고 싶진 않아."

"노조 만드는 건 좀… 부담스럽지 않아요?"

"이거 완전 실패하면 나락, 성공해도 본전 아닙니까?"

"혹시 기존 노조 쪽이 알게 되면 어쩌죠?"

"전 그냥 조용히 지내고 싶어서요… 미안해요."

거절은 공손했지만, 그 눈빛에는 뚜렷한 경계가 서려 있었다.

'노동조합을 만든다는 것'은 어느새 금기어가 되어 있었다. 누구도 명확히 반대하진 않았지만, 누구도 선뜻 함께하려 하지 않았다.

그날 저녁, 그는 회의실 구석에 앉아 혼자 조합 설립 신고서 초안을 바라보며 생각했다.

단 한 명.

한 명만 더 있으면 노조를 만들 수 있는데. '1'이라는 숫자가 그날따라 그렇게 크게 느껴질 줄은 몰랐다.

며칠이 흘렀다. 서파이는 여전히 혼자였다. 노동조합을 만드는 일은 말처럼 쉬워 보였지만, 막상 해 보니 결코 간단하지 않았다. 그는 동기들을 다시 마주할 용기를 내지 못한 채, 며칠간 노동조합을 잊고 말없이 일만 했다.

모처럼 동기들과 함께한 점심시간, 구내식당의 조용한 테이블 위로 묘한 침묵이 흘렀다. 그 끝에서, 마침내 박정의가 조심스럽게 입을 열었다.

"나도 솔직히, 지금 노조에 좀 실망했어. 있어도 없는 것 같고, 뭔가 말 못 하는 분위기만 만들어 놓고…"

최애순도 고개를 끄덕였다.

"노조 만들자고 하길래 겁났던 건 맞는디… 나도 사실은 지금 노조에 내는 조합비가 아까웠어요잉."

결국, 둘은 서파이에게 말했다.

"우리도 함께할게."

서파이는 아무 말도 하지 못했다. 그저 고개를 숙이고, 오래도록 말없이 웃었다.

그날 밤, 회의실에 불이 늦게까지 켜져 있었다. 셋은 노트북을 펴고 머리를 맞댔다.

노조의 이름은 어떻게 할지, 규약은 소수 노조에 맞게 얼마나 유연하고 단단하게 만들어야 할지, 위원장, 사무국장, 회계 담당까지 나눌 역할도 정해야 했다. 동기들끼리 편안하지만 진지한 회의가 몇 시간을 이어졌다.

"이름은… 뭐가 좋을까?"

회의실 한쪽에 앉아 있던 박정의가 조심스럽게 입을 열었다. 아무도 선뜻 말하지 않자, 그는 머리를 긁적이며 덧붙였다.

"음… KIRA 제2노동조합?"

"제2는 좀… 마이너한 느낌이잖아."

서파이가 웃으며 고개를 저었다.

박정의가 다시 말을 이었다.

"그럼… 'KIRA 진짜노조'? 가짜노조에 맞서는 진짜."

"그건 너무 싸우자는 티가 나잖아요잉."

최애순이 손사래를 쳤다.

서파이가 말을 받았다.

"그럼 아예 다르게 가 보자고요. KIRA 노조답게. 줄이면… 'KIRA 노답'?"

"야, 노답은 진짜 답이 없어 보인다."

박정의가 정색했고, 셋은 동시에 웃음을 터뜨렸다.

한참을 농담 반, 진담 반으로 의견을 주고받던 중, 최애순이 조용히 손바닥으로 테이블을 툭 치며 말했다.

"있는 그대로 정하믄 되제. 회사 이름은 넣고, 우리가 왜 노조를 만드는지도 넣고…

'KIRA 올바른 노동조합'."

회의실 안이 조용해졌다. 농담처럼 던진 말이었지만, 이상하게 묵직한 여운이 남았다.

서파이는 천천히 고개를 끄덕였다.

"좋네. 너무 좋아."

박정의도 이내 고개를 끄덕이며 웃었다.

"확실히… 우리가 하고 싶은 말이 다 들어 있네."

'KIRA올바른노동조합' 그 이름은 조용했지만, 분명했고 단단했다.

먀칠 후, 서파이는 노동조합 설립 신고서 제출을 위해 광주광역시 첨단지구에 있는 광주지방고용노동청에 가기로 했다. 나주에서 첨단지구까지는 광역버스를 한 번, 시내버스를 두 번 갈아타야 하는 거리. 지하철 하나 없는 지방의 현실에선 버스 세 번 타는 게 일상이고, 시간보다 체력이 먼저 닳는 여정이었다.

그 전날, 최애순이 먼저 입을 열었다.

“오빠, 내일 연차 냈담서요? 혼자 가기 힘들죠? 제가 내일 제 차로 데려다줄게요잉!”

서파이는 순간 멈칫했다.

지난번에 그녀의 차를 얻어 탔다가, 급가속과 급브레이크가 리듬처럼 이어지는 롤러코스터 드라이브에 정신이 아득해졌던 기억이 떠올랐다. 차선은 참고용일 뿐인 듯 차는 이리저리 제멋대로 움직였고, 분명 잘 포장된 도로였는데도, 북한의 흙바닥보다 더 심하게 차가 꿀렁거리며 온몸을 흔들어 댔다.

북한에서 특수 훈련을 받았던 그였지만, 그 차에 타는 건 그 어떤 훈련보다도 더 공포스러웠다. 그것은 명백히 ‘움직이는 고문 상자’였다.

그는 억지로 웃으며 고개를 저었다.

"아냐, 괜찮아. 나 혼자도 잘 갈 수 있으니까 네 연차 아껴 둬."

배려 깊은 말투로 서파이가 말했다.

최애순은 아쉬운 표정으로 고개를 끄덕였다.

"그래요잉… 다음엔 꼭 태워 드릴게요."

다음 날 아침, 서파이는 버스 정류장으로 향했다. 광역버스, 시내버스 두 번, 환승에 환승. 2시간의 긴 여정 끝에 마침내 광주지방고용노동청에 도착했다.

청사는 여러 공공기관이 모여 있는 '정부광주지방합동청사' 안에 자리 잡고 있었다. 건물 안으로 들어서자, 1층 로비에는 안내 표지판이 세워져 있었다.

『광주지방고용노동청 민원실: 2층』

서파이는 에스컬레이터를 타고 2층으로 올라갔다.

2층 로비 한쪽, 민원인 대기 구역. 번호표를 뽑고 앉은 그는 잠시 주변을 둘러봤다. 임금 체불로 온 듯한 사람들이 창구 앞에서 목소리를 높이고 있었고, 서파이는 그런 소란 속에서도 조용히 번호판을 바라봤다. 잠시 후 자신의 번호가 불렸고, '민원 접수'라고 적힌 창구 앞에 도착하자 모니터 뒤에서 직원 한 명이 고개를 들었다.

"어떻게 오셨어요?"

서파이는 준비해 온 서류를 가방에서 꺼내며 말했다.
"노동조합 설립 신고하러 왔습니다."

설립신고서, 규약, 총회 회의록. 종이 모서리가 구겨지지 않도록 조심히 정리한 뒤, 조용히 건넸다. 직원은 익숙한 손놀림으로 서류를 훑어보더니, 고개를 끄덕이며 접수 확인 도장을 찍었다.

몇 분 뒤, 서파이의 스마트폰에서 카카오톡 알림음이 울렸다.
"까톡!"
『[고용노동부 민원 알림] 노동조합 설립 민원이 접수되었습니다.』

그는 천천히 고개를 들었다.

드디어, 총알은 발사되었다.

노동청 민원실
민원 접수

그리고 마침내, 며칠 뒤. 정부 로고가 그려진 황갈색 서류봉투 하나가 회사로 도착했다. 봉투 안에는 하얀 종이 한 장이 들어있었다.

『노동조합 설립신고증

노동조합의 명칭: KIRA올바른노동조합

노동조합의 형태: 단위노조(기업)

위원장: 서파이

사무국장: 박정의

회계감사: 최애순

소속된 연합단체의 명칭: 연합단체 미가입』

종이 아래쪽에는 네모반듯하게 광주지방고용노동청장의 직인이 찍혀 있었다.

서파이는 그 종이를 한참 바라보다, 의자 등받이에 몸을 기댔다. 가슴이 조금 뛰었다. 그리고 동시에, 멀리서 어떤 전운도 함께 밀려오고 있었다.

서파이의 노동조합이 공식적으로 설립된 지 일주일. 그룹웨어 게시판에 새 노조 설립 공지가 올라가자, 직원들 사이에서 예상과는 다른 반응이 퍼져 나갔다.

"주임님, 그 조합… 저도 가입할 수 있어요?"

"이제 진짜 직원들도 목소리를 낼 수 있는 거예요?"

기성 노조에 답답함을 느끼고 있었지만, 막상 새로운 조합 설립에는 부담을 느껴 망설였던 직원들이 하나둘 관심을 보이기 시작했다. 눈치를 보던 이들, 오랫동안 조용히 참아 왔던 이들. 그렇게 새 노동조합은 어느새 20여 명 규모로 불어났다.

가입한 직원들 사이에서는 자연스럽게 속내들이 오가기 시작했다.

"아이 낳고 얼마 안 됐을 때였어요."

조용히 입을 연 한 남성 직원이 있었다.

"아이 엄마가 출산 후 갑자기 세상을 떠났고, 혼자서 육아를 맡게 됐어요. 부모님이 아이를 봐주실 수 있을 때까지는, 제가 2년 정도 육아휴직을 써야 했죠.

그런데 우리 회사 규정엔 남자는 1년, 여자는 3년 육아휴직을 쓸 수 있게 되어 있더라고요."

그는 말을 계속 이어 갔다.

"같은 부모인데 남녀가 다르다는 게 이상해서, 기성 노조에 제도 개선을 요청했어요. 그런데 그 이후 체결한 단체협약에는 제가 요청한 내용이 전혀 반영되지 않았죠.

나중에 이유를 물어봤더니, 기성 노조에서는 '공무원도 남성은 1년, 여성은 3년'이라면서 공공기관인 우리는 공무원보다 더 나은 조건으로 제도를 바꿀 수 없다고 하더라고요."

그는 어이없다는 듯 씁쓸하게 웃었다.

"근데 알고 보니 공무원은 남녀 모두 육아휴직 기간이 3년이더라고요.

그냥 제 요청사항은 뭐씹하고 저에게 허위 답변을 한 거였어요."

또 다른 직원은 낮은 목소리로 말을 이었다.

"기성 노조 말인데요…

노동팔 위원장이 특정 직원의 승진을 도우려고 회사에 압력을 넣고, 대가를 받았다는 얘기가 있어요.

글고운 카페 운영비를 개인적으로 썼다거나, 조합비를 횡령했다는 소문도 있고요.

조합비 사용 내역도 제대로 공개하지 않아요. 정기적으로 회계 감사를 받긴 하지만 친한 조합원에게 형식적으로 받는 것이고, 보고서 내용도 부실하기 짝이 없어요."

서파이는 신입 조합원들로부터 기성 노조에 대한 여러 불만을 들을 수 있었다. 그리고, 어깨가 조금 무거워졌다.

KIRA 건물의 가장 꼭대기, 9층. 이곳은 일반 직원들에겐 '올라갈 일 없는 층'으로 통했다. 엘리베이터 버튼을 누를 때조차 괜히 눈치를 보게 되는, 공기부터 다른 세계였다.

9층의 한쪽엔 원장실과 대회의실이 자리하고, 반대편에는 본부장실과 인사팀이 있었다. 그중 인사팀 구석, '노무 담당'이라는 명패가 붙은 책상 앞에서 이노무 선임은 길고 깊은 한숨을 내쉬고 있었다.

"후우우…"

그는 모니터를 바라보며 이마를 짚었다. 그룹웨어 게시판에 방금 올라온 글. 『KIRA올바른노동조합 설립 공지』

입꼬리를 억지로 올린 채, 그는 수화기를 들었다.

"여보세요? 서파이 위원장님? 저는 인사팀 이노무 선임입니다.

노동조합 설립… 축하드립니다.

앞으로 회사에 연락하실 일 있으시면, 저한테 연락 주시면 됩니다.

앞으로 잘 부탁드릴게요. 네, 네에."

목소리는 다정했고, 말끝엔 얇은 웃음까지 섞여 있었다. 하지만 전화를 끊자마자, 그의 표정은 싸늘하게 바뀌었다.

'뒷돈 주면 말 잘 듣는 기성 노조 하나면 충분했는데… 새 노조라니, 귀

찮게 됐군.'

그는 다시 수화기를 들었다. 단축 다이얼 1번, 'KIRA노동조합'. 신호음이 두 번 울린 뒤, 상대가 전화를 받았다.

"형님, 어제는 많이 드시는 거 같던데 잘 들어가셨죠?

예, 예. 형님,

큰일 났습니다. 새 노조가 하나 생겼습니다. 이거 그냥 둬서야 되겠습니까?

조만간 한번 뵙고 이야기 나누시죠.

아휴, 말씀만으로도 제가 다 든든하네요.

예. 들어가세요."

사무실 안은 평온했고, 문밖 복도는 조용했다.

하지만 그 순간, 보이지 않는 어딘가에서는 서서히 균열이 시작되고 있었다.

9화

뼈다구 파내기

* 뼈다구 파내기: 개인의 약점을 파내기 위해 무덤속의 조상 뼈까지 들추어 내는 것을 의미하는 북한 말

나주혁신도시 중심에서 살짝 벗어난 골목길, 오래된 한옥을 개조한 듯한 고급 일식집 하나가 자리하고 있었다.

'렌가테이'

간판은 은은한 붉은 등불 아래 조용히 걸려 있었고, 회색 화강암으로 포장된 바닥 양쪽으로는 조약돌이 정갈하게 깔려 있어 발걸음마다 자박자박한 소리가 났다. 그 너머에는 키 작은 대나무와 낡은 석등이 고요히 자리를 지키고 있어, 마치 다른 시간대로 진입하는 듯한 기분을 자아냈다.

입구로 들어서면 먼저 잔잔한 연못이 손님을 맞았고, 그 위로는 아치형의 일본식 목조 다리가 놓여 있었다. 손님들은 그 다리를 건너서야 비로소 본격적인 식당 내부로 들어설 수 있었다. 렌가테이의 내부는 전부 독립된 방 구조로 이루어져 있었고, 방음은 완벽했다. 누군가에게 들키고 싶지 않은 이야기를 나누기엔 이보다 더 좋은 장소는 없었다.

그날 저녁, 렌가테이의 가장 깊숙한 룸. 은은한 조명 아래 두 명의 그림자가 마주 앉아 있었다. KIRA 인사팀의 노무 담당자 이노무 선임, 그리고 KIRA노동조합 위원장 노동팔이었다.

"형님, 오늘도 제가 모시겠습니다."

이노무가 노동팔에게 말한 뒤, 고개를 돌려 웨이터를 바라봤다.

"오늘은 어떤 생선이 괜찮을까요?"

그는 물잔을 천천히 채우며 자연스레 물었다.

웨이터는 고개를 깊이 숙이며 정중하게 대답했다.

"오늘은 참돔이 아주 좋습니다. 몇 시간 전에 완도에서 활어로 들어와서 아주 신선합니다. 요즘 참돔은 육질이 탄탄하면서도 단맛이 뛰어나 추천드리겠습니다."

이노무는 만족스러운 듯 고개를 끄덕였다.

"그럼 참돔으로 하지."

옆에 있던 노동팔이 결정을 내렸다.

"술은 어떤 종류로 준비해 드릴까요?"

웨이터가 조심스레 물었다.

그러자 노동팔이 물잔을 내려놓으며 여유롭게 답했다.

"늘 마시던 걸로."

웨이터는 가볍게 고개를 끄덕였다.

"오늘도 야마다니시키로 준비해 드리겠습니다."

잠시 뒤, 기본 찬이 조용히 차려지고 사케 한 병이 아이스 버킷에 담겨 방 안으로 들어왔다. 이노무는 사케병을 조심스럽게 들어, 천천히 잔을 채웠다.

"형님, 새 노조… 설립됐다는 소식 들으셨죠?"

이노무가 잔을 들어 건배를 제의하며 슬쩍 말을 꺼냈다. 사케는 목 넘김이 부드러웠고, 끝 맛엔 은근한 향이 길게 남았다.

"모를 리가 있겠어? 골치 아프게 됐지."

노동팔이 낮게 대꾸했다.

"저도 그렇습니다. 노조가 둘이면 문서도 두 배, 회의도 두 배… 일만 늘어납니다."

이노무가 잔을 내려놓으며 덧붙였다.

"나는 조합비가 줄어드는 게 더 큰일이야. 벌써 몇십 명이 빠졌어. 매달 손해보는 금액이 장난 아니라고."

노동팔은 말끝을 흐리며, 앞에 놓인 해물 파전 한 조각을 집어 간장에 살짝 찍어 입에 넣었다. 씹는 동안에도 그의 시선은 테이블 위를 떠나지 않았다.

"회사가 싫어하는 거랑, 내가 싫어하는 게… 아주 기가 막히게 겹치네. 허허."

이노무는 잔을 다시 채우며 조용히 그를 바라봤다.

"이참에 서파이 그 친구, 정리하는 건 어떻겠습니까?"

노동팔은 입꼬리를 슬쩍 비틀며 웃었다.

"뭔가 꼬투리 하나만 잡히면 되는데… 잡을 거리가 있겠어?"

이노무는 주저 없이 고개를 끄덕였다.

"그럼요. 털면 먼지 안 나오는 놈은 없습니다. 원장님도 지시하셨고, 이런 건 제 전문 아니겠습니까?"

그는 능청스럽게 웃으며 잔을 기울였다.

"그럼, 회사와 노조가 힘을 합쳐 정리하는 방향으로 가시죠."

"좋아. 조용히, 티 안 나게 처리하자고."

두 사람의 잔이 가볍게 부딪혔다. 마침 그때, 웨이터가 참돔 회를 담은 접시를 들고 방 안으로 들어왔다. 투명한 살점은 얼음 위에서 은은한 광택을 머금고 있었다.

참돔의 담백한 살점과 사케의 깊은 향 사이로, 두 사람의 계획은 하나씩 윤곽을 드러내며 구체화되어 갔다.

퇴근 후, 서파이는 여느 때처럼 센트럴팰리스 오피스텔 1층의 편의점으로 향했다. 자동문이 "삑" 소리를 내며 열리고, LED등의 싸늘한 흰빛이 그의 얼굴을 덮었다. 익숙한 발걸음으로 맥주 진열대에 다다른 그는, 손을 뻗었다 말았다를 반복했다.

'남조선 맥주는 왜 이리 밍밍한가… 대동강 맥주보다 못한 게 말이 되나.' 서파이는 속으로 중얼거렸다. 분명히 기술력은 남한이 위인데, 맥주만큼은 도저히 이해가 되지 않았다. 예전에 동기 하나가 "국산 맥주는 어린아이 오줌 같다"고 말한 적이 있었는데, 그 말을 듣고 난 뒤로는 더더욱 손이 가지 않았다. 그렇다고 민족의 원수인 일본의 맥주를 마실 수는 없었기에 그는 오늘도 독일산 맥주 한 캔을 집어 들었다.

신선식품 코너를 들른 그는 '아이돌 인기 샌드위치' 하나도 집어 들고 계산대로 향했다.

"14층 총각, 또 오셨네요."
편의점 사장은 익숙한 얼굴을 보자 반가운 듯 웃었다. 서파이도 가볍게 인사를 건넸고, 사장은 익숙한 손놀림으로 바코드를 찍으며 물건을 봉투에 담았다.

"올라가서 맥주 마실 희망이라도 없으면, 진짜 이 계단 못 올라가겠어요."

서파이가 농담처럼 말하자, 사장은 깊은 한숨을 내쉬었다.

"어제 또 한 명 이사 나갔어요. 12층 아가씨. 매일 계단 오르다 허리 나갔다더라고요."

사장은 고개를 천천히 저으며 말을 이었다.

"솔직히 나도 본사랑 계약 맺은 게 있어서 억지로 장사하는 중이에요. 요즘엔 그나마 배달 주문이 좀 있어 겨우 버팁니다."

"사장님, 힘내세요."

짧게 웃으며 결제를 마친 서파이는 봉투를 받아 들고, 익숙한 걸음으로 조용히 편의점을 나섰다.

'이 샌드위치에 맥주 한 캔만 마시면… 오늘 하루도 즐겁게 마무리할 수 있겠지.' 그는 행복한 상상을 하며 14층 계단을 오르기 시작했다. 무거운 정적이 가라앉은 복도를 지나, 철제 손잡이를 꼭 잡은 채 계단을 한 걸음씩 밟아 올랐다. 숨이 턱 밑까지 차오르고 땀이 맺혔지만, 도착했다는 안도감이 모든 고단함을 덮었다. 마지막 계단을 밟고 1408호 현관 앞에 선 그는 한 손에 봉투를 든 채로 키패드를 눌렀다.

"띡, 띡, 띡, 띡. 디리릭~!" 문이 열리는 순간, 그의 발걸음이 멈췄다. 그리고 얼굴이 굳었다.

방 안은 아수라장이 되어 있었다. 옷장 문짝은 활짝 벌어져 있고, 서랍장은 바닥에 엎어져 속옷과 양말이 뒤엉켜 있었다. 싱크대 서랍은 전부 열려 있었고, 침대 매트리스는 옮겨져 벽에 기댄 채 있었다. 휴지통은 엎질러져 쓰레기가 사방으로 굴러다니고, 냉장고 문은 벌어진 채 방치되어 냉동실에서 흘러내린 물이 바닥을 적시고 있었다.

도둑이 들었다. 그런데 책상 위 현금조차 사라지지 않았다. 목적은 훔치는 게 아니었다. 철저히 '뒤지는' 것이었다.

서파이는 한동안 멍하니 서 있다가, 이내 책상 밑으로 몸을 숙였다. 아무도 모르게 설치해 둔 손톱만 한 미니 CCTV가 있었다. 그는 메모리 카드를 꺼내 노트북에 연결하고 녹화 파일을 재생했다.

화면 속엔, 복면을 쓴 인물이 조용히 문을 열고 들어왔다. 라텍스 장갑을 낀 채, 주변을 조심스럽고도 빠르게 훑어 나갔다. 싱크대, 옷장, 휴지통, 냉장고 안쪽까지. 표정은 보이지 않았지만, 동작엔 숙련된 침입자의 냄새가 났다.

'지문도 안 남기겠다는 거군. 얼굴도 철저히 가렸고…' 서파이는 입을 굳게 다물고 자리에서 일어났다. 그리고 곧장 1층으로 내려갔다.

그는 편의점 문을 열고 들어가, 사장을 향해 다가섰다.

"사장님, 오늘 낮에 혹시 낯선 사람 본 적 있으세요? 이 오피스텔에 들어가는 사람 중에서요."

사장은 잠시 생각하더니 고개를 끄덕였다.

"점심 무렵이었을 겁니다. 못 보던 양반 하나가 계단 쪽으로 올라갔어요. 30대쯤 되어 보이는 남자였고, 남색 점퍼를 입었어요. 내가 여기 입주민 얼굴은 다 아는데… 분명 처음 보는 사람이었어요. 이상하게 긴장한 느낌도 났고요."

서파이는 계산대 너머 CCTV 모니터를 가리켰다.

"혹시… 외부 화면 좀 보여 주실 수 있을까요?"

사장은 잠시 망설이다가 고개를 끄덕였고, 카운터 안쪽의 모니터를 켰다. 화면이 빠르게 돌아가다 한 장면에서 멈췄다. 프레임 속, 계단 쪽으로 향하는 낯익은 실루엣. 남색 점퍼, 구부정한 어깨, 긴장한 걸음걸이.

그 순간, 서파이의 입에서 저절로 말이 새어 나왔다.

"이건…"

KIRA의 노무 담당자 이노무는 과거 어느 중견기업에서 '잔인하지만 효율적인' 방식으로 구조조정을 완수한 전력이 있었다. 본사와 계약된 외부 노무사라는 명목으로 입성한 그는, 낯빛 하나 바꾸지 않고 사람을 무너뜨릴 줄 아는 인물이었다.

그의 첫 번째 수법은 늘 근태였다. 단 1분의 지각, 단 30초의 조기 퇴근도 엑셀 표에 붉은색으로 하이라이트 처리되었다. 그리고 면담 자리에서 차분히 물었다.

"여기 보시면, 지난 13년 근무 기간 동안 지각이 총 3회 있네요. 오전 9시 1분에 출근하셨다면, 지각입니다. 회사와 계약한 근무 시간을 이행하지 않으신 거죠. 하지만 월급은 다 받으셨고요. 이거 큰 문제인 거 알고 계시죠?"

객관적인 기록 앞에서 구조조정 대상자들은 머리를 조아렸다. 대부분은 이 단계에서 위로금 몇 푼을 받고 조용히 회사를 떠났다.

그럼에도 버티는 사람이 있을 경우, 곧바로 자리 배치가 변경되었다. 예전에는 화장실 옆에 자리를 배치하기도 했지만, 그 모습이 SNS에 올라가 역풍을 맞은 전적이 있어 요즘은 '무의미한 벽'을 마주보는 자리로 방식을 변경했다.

이 배치는 심리적으로 폐쇄감과 답답함을 유도해 스트레스를 높이고, 다른 직원들과의 소통을 차단하는 데 목적이 있었다.

또한 구조조정 대상자들을 주요 업무에서 배제시키고, 창업자 자서전을 읽고 독후감을 작성하게 하는 등 '조용한 괴롭힘'을 가했다. 동시에 회사 메일과 메신저도 감시 대상에 올려 농담, 말실수, 오타까지 정리해 두었다가 필요할 때 '폭탄'처럼 꺼내 들었다.

예전에는 지방 산간 지역으로 근무지를 옮기기도 했지만, 요즘은 '3대가 덕을 쌓아야 할 수 있는 주말부부'라며 만족하는 사람이 있어 더는 쓰이지 않는 방식이 되었다.

이런 식으로 수십 명을 자발적 퇴사로 몰아냈던 그가, KIRA에선 더 큰 날개를 달았다. 원장은 기성 노조를 적당히 달래며 일 처리도 깔끔한 그를 무척이나 아꼈다.

그렇게 이노무는 'KIRA 제일검'으로 불리게 되었다.

그러던 어느 날, 원장이 이노무를 조용히 불렀다.

"새로운 노조가 생긴 건 알지? 아직 별일은 없지만, 나중에 골치 아파지기 전에 미리 정리하자고."

그 말이 있은 후, 그는 일식집에서 노동팔을 만나 계획을 의논하고, 자신의 경험을 바탕으로 본격적인 괴롭힘을 시작했다.

처음은 늘 하던 대로, 출퇴근 시간부터 들춰 보았다. 그러나 뜻밖에도 서파이는 매일 회사에 가장 먼저 도착했고, 가장 늦게 퇴근했다.

주요 업무에서 빼겠다는 계획도 무의미했다. 서파이는 애초에 주요 업무라는 것을 맡아 본 적이 없었다. 처음부터 줄곧 허드렛일만 하고 있었다.

자존심을 건드리기 위해 자리를 옮기려 했지만, 그조차 실패였다. 서파이의 자리는 이미 창도 없고 벽만 바라보는, 회사에서 가장 안 좋은 자리였다. 그 자리에만 유독 조명조차 들어오지 않았고, 그보다 더 나쁜 자리는 존재하지 않았다.

이노무는 회사의 공지사항이나 주요 정보를 전달하지 않기로 했다. 그러나 서파이는 원래부터 어떤 정보도 받은 적이 없었다. 눈치껏 행동하며 잔심부름만 할 뿐이었다.

메일과 메신저도 뒤져 보았다. 메시지 내용, 말투, 이모티콘 사용 여부까지 모두 검토했지만, 서파이는 불필요한 대화를 하지 않았고, 메일과 메신저 모두를 철저히 업무 용도로만 사용하고 있었다.

이노무는 처음으로 당황했다. 자신의 기술이 통하지 않는, 마치 무저항의 벽과도 같은 상대였다.

결국 그는 마지막 수단을 꺼냈다. 사생활이었다.

업무 시간, 서파이가 책상에 앉아 있는 것을 확인한 뒤 몰래 그의 오피스텔에 침입했다. 복면을 쓰고, 라텍스 장갑을 꼈다. 메일도, 메신저도, 자리도 통하지 않는다면, 냉장고라도 뒤져야 했다. 그는 서랍 속 속옷부터 냉동실 안쪽까지 모두 살폈다. 심지어 세탁기 안까지 손을 넣고, 쓰레기통 속 영수증 하나하나까지 확인했다.

그러나 결과는 같았다.

없었다. 그 어떤 문제점도.

이노무는 그때 처음으로 회의감이라는 것을 느꼈다. 그리고 그제야 비로소 깨달았다. 서파이는, "아무 일도 하지 않아야 아무 문제도 생기지 않는다"는 공공기관의 근무 원칙처럼, 애초에 문제 삼을 만한 무언가조차 존재하지 않는 인물이었다.

노동팔은 언짢은 표정으로 노조 사무실의 위원장 자리에서 전화 통화를 하고 있었다.

"야 이노무 자슥아, 너는 너무 책으로만 공부를 했어. 문제가 없으면 만들어 내면 되지, 뭐 그렇게 어렵게 생각을 해?"

말끝에는 짧은 한숨과 짜증이 따라붙었다.

"학씨! 이까짓 일에 내가 직접 나서게 만들래?

내가 던질 테니까, 너네는 잘 받기나 해."

서파이에 대한 회사 측의 모든 시도가 번번이 무위로 돌아가자, 결국 노동팔이 직접 움직이기 시작한 것이다.

곧이어 회사 내부의 익명 제보 시스템인 '레드휘슬(Red Whistle)'에 서파이를 겨냥한 제보가 연달아 들어오기 시작했다.

레드휘슬은 사내 비리를 누구나 익명으로 신고할 수 있는 시스템이다. 내부 직원은 물론 외부인도 제보가 가능하며, 신고자의 신원은 철저히 보호된다. 제보가 접수되면 감사실로 곧바로 전달되고, 감사실은 반드시 사실 확인을 거쳐 합당한 조치를 취한 뒤 결과를 회신해야 한다.

첫 번째 제보는 다음 내용이었다.

『서파이 주임이 근무시간 중 자신의 오피스텔에 들어가 수 시간 낮잠을 자는 행위를 반복하고 있음.』

며칠 뒤, 또 다른 제보가 이어졌다.

『서파이 주임이 회사 법인카드로 식당에 미리 결제를 해 장부를 만들어 두고, 이를 개인 식사에 사용하는 등 예산을 사적으로 유용하고 있음. 이는 국민의 세금을 낭비하는 행위로, 철저한 감사가 필요함.』

제보 내용은 마치 가짜뉴스처럼 명백한 허위이자 악의적인 날조였다. 그러나 시스템상, 회사는 사실 여부와 관계없이 반드시 확인 절차를 거치고 후속 조치를 취해야 했다.

모니터 앞에 앉아 제보 내용을 하나하나 읽어 내려가던 이노무는 천천히 입꼬리를 올렸다.

'던진다더니, 이걸 던졌네.'

겉으론 아무 일 없는 듯 고요한 KIRA의 복도. 그러나 그 아래, 보이지 않는 함정이 조용히 파이고 있었다.

다음날 오후, KIRA 옥상에는 나른한 햇살이 드리워져 있었다. 등나무가 휘감긴 파빌리온 아래, 길게 놓인 나무 벤치 두 개. 그 옆엔 흡연자들을 위해 세워 둔 스테인리스 재떨이가 조용히 자리를 지키고 있었다.

서파이와 박정의는 한쪽 벤치에, 최애순은 맞은편 벤치에 앉아 각자 종이컵을 손에 쥐고 있었다. 익숙한 믹스커피의 달고 쌉쌀한 향이 옥상 공기 사이로 은근히 퍼져 나갔다.

"우리 집, 도둑이 다녀간 것 같아."

너무나도 평온하게 말하는 서파이의 말에 박정의가 놀라며 고개를 들었다.

"도둑?"

"근데 도둑이라면 좀 이상해. 아무것도 안 사라졌거든."

서파이는 컵을 내려놓고 무릎 위에 손을 얹었다. 말을 이어 가는 목소리는 평소보다 낮았다.

"서랍, 옷장, 심지어 냉장고 안까지 다 뒤졌어. 내 생각에는 회사에서 벌인 일 같아."

최애순이 천천히 커피를 내려다보며 입을 열었다.

"오빠… 요즘 좀 이상한 소문이 돌아요. 제가 있는 경영지원본부 쪽에서 들은 건디…"

박정의는 컵을 손에 든 채 말없이 있었다. 서파이는 천천히 고개를 돌렸다.

"어떤 소문인데?"

최애순은 잠시 말을 멈췄다가, 조심스럽게 입을 열었다.

"그… '레드휘슬'이라고 알아요? 누구든지 감사실에 익명으로 제보할 수 있는 시스템이여라. 내부 직원도 할 수 있고, 회사 바깥 사람도 제보할 수 있당께요."

서파이는 가만히 그녀를 바라봤다.

"그런데 그게 갑자기 무슨 소리야?"

"음… 근디 서파이 오빠 관련해서, 레드휘슬에 제보가 몇 건 들어왔다고 하더라고요. 자세한 건 저도 모르지만… 한번 제보가 들어오믄 회사는 확인하고 뭔가 액션을 꼭 취해야 한당께요."

그 말에 박정의도 고개를 돌렸다.

"진짜야? 좀 불안한데?"

서파이는 말없이 고개를 떨궜다.

생각이 많아지는 오후였다.

KIRA 건물 9층, 원장실 바로 옆에는 대회의실이 있었다. 대회의실은 단순한 '회의실'이라 부르기엔 부족할 만큼 크고 호화로웠다. 원목 무늬가 살아 있는 초대형 테이블이 중앙에 자리 잡고 있었고, 의자들은 모두 천연 가죽으로 제작된 고급형. 그중에서도 가운데 상석은 유일하게 등받이 높이가 더 높았는데, 그것이 원장 전용석이라는 사실을 굳이 설명하는 이는 없었다.

벽면에는 역대 원장의 사진과 함께, KIRA의 비전과 핵심 가치를 금박으로 새긴 액자가 걸려 있었다. 한쪽에는 에스프레소 머신과 공기청정기가 나란히 놓여 있었고, 그 앞 테이블에는 언제나처럼 생화가 꽂힌 유리병이 정갈히 자리를 지키고 있었다.

이날, 그 안에는 네 명이 모여 있었다. 나카산 원장, 박곤대 본부장, 감사실 감사혜 책임 그리고 인사팀 이노무 선임.

회의는 이노무의 브리핑으로 시작됐다. 그는 빔프로젝터에 연결된 노트북을 조작하며, 새로 생긴 노조의 기본 정보, 간부 명단, 가입자 수, 내부 반응 등을 짧고 간결하게 정리해 보고했다.

브리핑의 마지막, 그는 이렇게 덧붙였다.

"현재 새 노조의 규모가 빠르게 커지고 있습니다. 초기에 와해시키지 않으면, 이후에는 통제하기 어려워질 수 있습니다."

말이 끝나자 박곤대가 슬쩍 한마디를 얹었다.

"참고로, 서파이 위원장에 대해서 레드휘슬 제보가 이미 몇 건 들어온 상태입니다."

나카산 원장은 등을 기대고 손가락을 깍지 낀 채 말했다.

"레드휘슬에 제보도 들어왔겠다. 그럼 감사를 해서, 뭐라도 하나 건수 잡아서 없애면 되는 거 아니야?"

그 말이 끝나자, 맞은편에 앉아 있던 감사혜가 얼굴을 굳힌 채 입을 열었다.

"원장님, 이번 레드휘슬 제보는 말이 안 됩니다. 근무시간에 오피스텔에서 잤다느니, 식당에 장부 끊어서 사적으로 이용했다느니…

다 증거도 없고, 오히려 기성 노조 쪽에서 조직적으로 제보를 올린다는 소문까지 있습니다."

나카산의 눈썹이 미세하게 꿈틀거렸다. 감사혜는 숨을 고르고 말을 이었다.

"서파이 위원장의 출입기록을 미리 확인해 봤는데 오피스텔에 갔다 올 시간도 안 되고요.

그리고 다들 아시잖아요, 우리 전부 회의비로 식당 장부 끊어서 회식하는 거. 개인적인 사용도 안 했겠지만 애초에 그걸 문제 삼는 것 자체가 무리입니다. 이런 식으로 무리하게 감사를 밀어붙였다가 언론에라도 알려지면, 오히려 회사가 큰일 납니다."

나카산은 언짢은 표정을 지었고, 그 옆에서 박곤대가 말을 덧붙였다.

"조용히 문제없이 처리하면 됩니다. 방법이야 찾으면 되는 거 아니겠습니까."

분위기는 서서히 흐려지기 시작했다. 감사혜는 숨을 길게 내쉬며 반박했다.

"감사는 근거와 절차가 있는 일입니다. 저는 감사 전문가이고, 아무리 지시가 있어도 이렇게 무리한 감사를…"

박곤대가 말을 끊으며 언성을 높였다.

"아니, 원장님이 직접 지시를 하시는데 안 된다고만 하면 어쩌자는 겁니까?"

소란스러운 분위기에서, 이노무가 갑자기 일어나 양손을 뻗으며 외쳤다.

"얼음~~!"

회의실의 공기가 멈춘 듯 정적이 흘렀다.

"저는 이런 일을 여러 번 해 봤습니다. 제 말을 믿으셔야 합니다.

기성 노조 쪽에서도 협조하겠다고 했습니다. 회사와 과반 노조가 함께 움직이는데, 안 되는 게 어디 있겠습니까?"

그의 말투는 단호했고, 시선을 감사혜에게 고정한 채 말을 이어 갔다.

"이건 철저히 회사를 위한 일입니다. 레드휘슬로 들어온 제보를 근거로 감사를 시작하면 됩니다.

징계 사유는 얼마든지 만들어낼 수 있고, 징계 기준 역시 회사와 기성 노조가 필요에 따라 조정할 수 있습니다. 감사실이 움직이기만 하면, 새 노조는 초기에 충분히 와해시킬 수 있습니다."

이노무의 말을 들은 나카산 원장은 조용히 고개를 끄덕이며 감사혜를 바라봤다.

"감사혜 책임, 이번 건만 잘 처리하면… 정규직 전환 건, 내가 직접 챙기지."

순간, 감사혜의 머릿속에 '계약직'이라는 단어가 스쳐 지나갔다. 그리고 불쑥 떠오른 건, 작년에 태어난 아기의 얼굴이었다.

감사혜는 잠시 눈을 감았다가 천천히 떴다.

"알겠습니다. 감사 착수하겠습니다."

정오의 햇살이 아무 일도 없었다는 듯 고요히 내려앉고 있었다.

며칠 뒤, 서파이에 대한 감사는 조용히 시작되었다. 장소는 KIRA 본관 2층, 햇빛이 닿지 않는 건물 북쪽 끝의 작은 회의실. 불투명 유리창에는 블라인드가 내려져 있었고, 냉기가 느껴질 만큼 정적이 감돌았다. 천장에는 둥근 갓이 달린 LED 조명이 전선에 매달린 채 아래로 내려와 있었고, 중앙에는 직사각 테이블 하나가 덩그러니 놓여 있었다. 테이블 양쪽에는 두 사람이 마주 앉아 있었다.

한쪽에는 감사실의 감사혜 책임, 다른 한쪽에는 서파이가 자리했다.

서파이는 그곳이 회의실이라기보다 취조실 같다는 인상을 받았다. 벽에는 시계 하나 외에 아무것도 없었고, 테이블 위에는 종이 한 장과 펜 한 자루만 놓여 있었다.

감사혜는 눈앞의 노트북을 열며 말했다.

"서파이 주임님, 오늘은 레드휘슬 제보 건과 관련한 내부 감사를 진행하겠습니다. 먼저 제보된 내용을 알려드리겠습니다."

그녀는 마치 범죄 사실을 낭독하듯 제보 내용을 읽어 내려갔다.

"근무시간 중 허가 없이 본인의 오피스텔에 가서 낮잠을 잤다는 내용, 그리고 회의비로 식당에 장부를 미리 끊어 두고 개인적으로 이용했다는 내용입니다."

이어 말했다.

"사실이 아니라면, 하지 않았다는 걸 증명하실 수 있습니까?"

서파이는 황당했지만, 최대한 침착하게 말했다.

"근무시간 중 오피스텔에 간 적은 없습니다. 자리를 비운 건 대부분 선배들의 지시로 길 건너 편의점에 담배를 사러 가거나, 배달 음식을 수령하러 나간 경우 입니다."

감사혜는 질문을 이어갔다.

"출입기록상, 매일 15분 정도씩 회사 밖으로 외출한 기록이 있던데요. 매일 오피스텔에 가지 않았다는 걸 증명할 수 있습니까?"

서파이는 잠시 숨을 고른 뒤 답했다.

"그 시간에 오피스텔에 간 적 없다고 말씀드렸습니다. 제 오피스텔은 회사에서 15분 거리이고, 엘리베이터가 고장 난 점까지 감안하면 물리적으로 다녀올 수 없는 시간입니다."

감사혜는 이런 상황이 익숙하다는 듯 표정 하나 바꾸지 않고 다시 물었다.

"가지 않았다는 건 어디까지나 본인 주장이고요. 그걸 입증할 명확한 증거는 있으신가요?"

"하지 않은 일에 대한 증거가 어디 있습니까?"

서파이는 조용히 맞섰다.

"그럼, 결국 증거는 없다는 말씀이시죠."

감사혜의 목소리는 여전히 담담했지만, 말끝에는 어딘가 서늘한 기운

이 배어 있었다.

아이러니한 점은, 식당 장부 사용에 대한 질문은 더 이상 나오지 않았다는 것이었다. 그것은 부당한 행위라는 사실 이전에 회사 전체의 관행이었고, 문제 삼는 순간 조직 전체가 곤란해질 일이었기 때문이다. 어처구니없게도 그 부분은 애써 모른 척 조용히 넘어갔다.

우여곡절 끝에 감사는 끝났지만, 서파이의 머릿속은 오히려 더 복잡해졌다.

그는 이곳이 남한의 공공기관인지, 북한 보위부의 조사실인지 혼란스러운 기분을 안은 채 천천히 자리에서 일어났다.

10화

된방 맞기

*** 된방 맞기: 호되게 얻어 맞음을 뜻하는 북한 말**

늦가을 바람이 옥상 난간을 스치듯 지나갔다. 오후 시간, 서파이는 박정의, 최애순과 함께 옥상에 올라 커피 타임을 가지고 있었다. 차가운 바람에 종이컵 속 믹스커피는 금세 식어 버렸고, 어디선가 날아온 낙엽 하나가 벤치 위에 소리 없이 내려앉았다.

먼저 입을 연 건 서파이였다.
"나 어제 감사 받았어. 레드휘슬 제보 건으로."

최애순이 눈을 크게 떴다.
"헐, 그 소문 진짜였어요? 설마 했는디… 무슨 내용이래요?"

서파이는 잠깐 숨을 고르고는 담담하게 말했다.
"첫 번째가, 근무시간에 오피스텔 가서 낮잠 잤다는 거더라."

박정의가 얼굴을 찌푸렸다.
"뭐야, 그건 그냥 소설 아니야?"

"나도 말도 안 된다고 했지. 근데 안 갔다는 걸 내가 증명하래."

"오매… 그게 말이 된당가?"
최애순은 커피를 내려놓으며 무릎을 탁 쳤다.
"오피스텔까지 왕복 삼십 분은 걸릴 텐디, 엘리베이터도 고장 나 있었잖아요잉. 근무 중에 거길 어떻게 다녀온다요?"

"그래도 감사실은 끝까지 '안 갔다는 증거가 없다'는 말만 반복하더라."

박정의가 깊은 한숨을 내쉬었다.
"진짜… 없는 꼬투리까지 만들어서 물고 늘어지네."

"더 어이없는 건 그 다음이야."
서파이가 말을 이었다.
"두 번째는, 회의비로 식당에 미리 장부 끊어 놓고 개인적으로 썼다는 제보."

박정의는 헛웃음을 터뜨렸다.
"아니, 회의비로 장부 만드는 건 우리도 다 하잖아. 그냥 관행인데. 그리고 회식하기도 부족한데 개인적으로 쓸 돈이 어디 있어…"

"그러니까… 그래서 그런지 그 이후에는 아예 묻지도 않더라. 문제 있는 행위를 전 직원이 다 하니까, 괜히 문제 삼았다가는 조직 전체가 곤란해지잖아."

"괜히 그 문제 건드렸다가는 다른 직원들도 앞으로 못 하게 될까 싶어서 걍 조용히 넘어간 거구만요."

최애순이 작게 중얼거렸다.

"참말로 어이없네요잉…"

박정의는 커피를 한 모금 마셨다가, 조용히 잔을 내려놓았다. 입술이 단단히 굳어 있었다.

"이건 그냥, 노조 만들었다고 찍어서 괴롭히는 거잖아."

최애순도 종이컵을 돌리며 씁쓸히 말했다.

"공공기관이란 데가 이 정도로 치졸하게 나올 줄은 정말 몰랐네요잉…"

박정의는 잠시 고개를 들어 흐린 하늘을 바라봤다.

"이러다 진짜 징계까지 갈 수도 있겠는데? 계속 가만히 있을 거야?"

서파이는 잠깐 생각에 잠긴 얼굴로 대답했다.

"여러모로… 고민 중이야."

그 말에 두 사람은 조용히 고개를 끄덕였다.

바람은 한층 더 차가워졌지만, 서파이의 가슴은 묘하게 뜨거워지고 있었다.

서파이는 더 이상 가만히 있어서는 안 되겠다고 생각했다. 틈틈이 인터넷을 뒤지며 관련 사례를 찾아보고, 대응 방안을 정리했다. 시간 날 때마다 메모장에 생각을 썼다 지웠다 반복했고, 그러는 사이 커피는 몇 잔이고 식어 갔다.

여러 날 고민한 끝에 그는 결국 고용노동부에 '회사에 의한 직장 내 괴롭힘'으로 신고를 했다.

신고 사유는 명확했다.

'황당한 사유로 무리하게 감사를 진행한 점', 그리고 '회사 측 인사가 오피스텔에 무단 침입해 사적인 공간을 뒤졌다는 점'.

며칠 뒤, 회사 1층 간이 회의실에서 외부 노무사 2명에 의해 직장 내 괴롭힘 조사가 시작됐다.

표면적으로는 객관적인 조사를 위해 외부 노무사를 부른 것처럼 보였지만, 실상 그 노무사들은 회사가 비용을 주고 섭외한 사람들이었다.

말끔한 셔츠 차림의 두 사람은 간이 회의실 책상 너머로 서파이와 마주 앉았다. 노트북을 펼치고, 메모장을 펴고, 조사라는 이름의 절차가 시작됐다.

"오피스텔에 누가 들어간 건, 본인이 직접 보신 건가요?"

"직접 본 건 아닙니다. 다만, CCTV를 촬영한 사진이 있습니다."
서파이는 준비해 온 사진을 조심스럽게 내밀었다.

노무사 한 명이 사진을 유심히 들여다봤다. 그리고는 물었다.
"이 사람이 인사팀 직원이라는 확실한 증거가 있나요?"

"사진은 흐릿하지만, 체형과 옷차림으로 봤을 때 인사팀 이노무 선임으로 추정됩니다."

"'추정된다'면 확실한 건 아니란 말씀이네요."
잠시 침묵이 흘렀고, 이어지는 말은 다소 냉담했다.

"그리고… 설령 인사팀 직원이 맞더라도, 이분이 서파이 주임의 집으로 들어갔다고 단정 지을 수는 없잖아요."
노무사는 말을 이었다.
"오히려 다른 사람의 모습이 담긴 CCTV 화면을 촬영한 것 자체가 개인정보보호법 위반 소지가 있을 수도 있고요."

30분간의 조사는 그렇게 흘러갔다. 형식적인 질문은 끝났고, 노트북은 닫혔다.
문 밖으로 나오는 길에, 서파이는 뭔가 씻기지 않은 기분을 느꼈다.

1주일 뒤, 인사팀을 통해 한 통의 이메일이 도착했다.

『제목: 직장 내 괴롭힘 조사 결과 통보』

서파이에 대한 감사는 레드휘슬 제보에 따름으로 타당하며, 오피스텔 무단 침입에 대해서는 회사가 했다는 증거가 없다고 했다.

결론은 직장 내 괴롭힘에 해당하지 않는다는 것.

서파이는 조용히 메일을 닫았다. 그리고 한동안 모니터를 멍하니 바라봤다.

결론은, 예상했던 그대로였다.

회사로부터 괴롭힘을 당했지만, 그것이 괴롭힘인지 조사하고 판단하는 주체 역시 회사였다. 피해자가 "괴롭힘을 당했다"고 말해도, 가해자가 "아니다"라고 판단하는 모순된 구조였기 때문.

서파이는 고개를 떨구며 생각했다.

'북조선은 형식적으로라도 '가해자'와 '심판자'가 달랐는데… 남조선은 도대체 어떤 사회란 말인가?'

어느새 책상 위 커피는 식었고, 그의 머릿속은 복잡해졌다.

이제 무엇을 해야 할지, 다시 고민이 시작되었다.

KIRA 건물 9층. 이른바 '위층 위의 위층'. 바로 그곳에 원장실이 있었다. 원장실의 문을 지나면 풍경이 달라졌다. 고요하고, 넓고, 비현실적으로 반짝이는 공간. 한쪽 벽면을 통째로 차지한 통창 너머로는 나주혁신도시의 호수공원이 그림처럼 펼쳐져 있었다. 그 광경은 마치 '당신은 이 모든 걸 내려다볼 권력이 있다'라고 속삭이는 듯했다.

중앙에는 큼직한 원목의 집무 책상이 자리를 지키고 있었다. 그 앞에는 ㄷ자 형태로 10명쯤은 너끈히 앉을 수 있는 검정 가죽 소파 세트가 반질반질 윤을 내며 놓여 있었고, 소파 가운데엔 스타벅스 테이블처럼 어중간하게 낮은 높이의 네모난 탁자가 놓여 있었다.

그리고 원장실 깊숙한 안쪽에는, 소문으로만 회자되던 '히노키 욕조'가 있었다. 누구는 '2천만 원이 들었다' 하고, 누구는 '일본 장인에게 특별 주문을 넣었다' 하는 이야기들이 돌았지만, 그 진위를 아는 사람은 없었다.

다만 한 가지 분명한 건, 욕조에 앉으면 통창 너머로 호수 위에 떠 있는 배메산이 정면으로 펼쳐졌고, 그 모습은 마치 후지산을 바라보는 일본 료칸의 풍경을 연상케 했다.

그날, 소파 가운데 상석에는 나카산 원장이 앉아 있었고, 그 대각선 자리에는 이노무가 조심스럽게 자리를 잡고 있었다.

잠시 후, 원장 비서가 조용히 문을 열고 들어왔다. 그녀는 직접 내린 원두커피 두 잔과 다과 몇 점이 정갈하게 놓인 트레이를 테이블 위에 세팅하였다.

"새 노조 없애라니까 왜 더 시끄러워지기만 하는 거야?"

나카산이 테이블 위 다과 접시를 건드리며 말을 꺼냈다. 어조는 조용했지만, 손끝은 불편한 기색을 숨기지 못했다.

"직장 내 괴롭힘 신고라니? 이거 괜히 문제 생기는 거 아냐?"

이노무는 기다렸다는 듯 고개를 끄덕였다.

"걱정 안 하셔도 됩니다. 서파이 위원장에 대한 감사가 끝나서 건수는 잡아 뒀습니다. 현재 기준으로는 징계도 어렵지만, 규정을 변경해서 해고할 수 있게 준비 중입니다."

"규정을 우리가 원한다고 마음대로 바꿀 수 있어? 직원한테 불리한 쪽으로 바꾸려면 과반 노조의 동의가 필요하잖아."

나카산은 이례적으로 합리적인 질문을 던졌다.

"맞습니다, 정확히 알고 계시네요."

이노무는 미소를 머금은 채 고개를 끄덕였다.

"마침 기성 노조에서도 조합비가 줄어드는 문제 때문에, 새 노조를 없애고 싶어 합니다. 저희 계획에 협조하기로 해서 조만간 단체협약 형식으로 규정 개정을 추진하겠습니다."

나카산은 입꼬리를 올리며 커피를 한 모금 마셨다. 그리고는 오른손으로 장난스럽게 총 모양을 만들었다.

"좋았어. 당장 진행시켜. 영차!"

이노무는 정중하게 고개를 숙였다.

"알겠습니다, 원장님."

나카산은 만족스러운 표정으로 몸을 뒤로 젖혔다.

"역시, 이노무 자넨 'KIRA 제일검'이라니까. 허허."

원장실 통창 너머로는 늦가을의 호수공원이 펼쳐져 있었다. 바람은 잦아들었고, 나무들은 대부분 잎을 떨궜지만, 몇몇 단풍잎이 마지막을 아는 듯 나뭇가지 끝에 매달려 있었다.

모든 것이 멈춘 듯 고요했지만, 그 고요함은 오래가지 않을 것이었다.

9층 대회의실. 그 넓은 공간 한가운데, 긴 회의 테이블 중앙에 두 장의 종이와 펜이 나란히 놓여 있었고, 그 앞으로 동일한 높이의 회의용 가죽 의자 두 개가 나란히 놓여 있었다.

그 자리에 나카산 원장과 노동팔 위원장이 나란히 앉아 있었다.

"이번 협약, 참 좋네요. 꼭 필요한 시점에, 꼭 필요한 내용만 담겼습니다."

노동팔이 말끝에 여유로운 미소를 얹었다.

"노조 쪽에서 이렇게 협조해 주시니 감사할 따름입니다. 다음엔 저희도 적극 도울게요."

나카산도 짧게 웃으며 종이에 슬쩍 눈길을 보냈다.

그때 이노무가 조용히 다가왔다.

"내용은 아시다시피 한 가지뿐이라 간단합니다. 확인하시고 서명 부탁드립니다."

말은 정중했지만, 어조엔 이미 다 알고 있으니 빨리 서명하라는 재촉의 기색이 스며 있었다.

두 사람은 각자 앞에 놓인 종이에 차례로 서명했다. 그다음 서로의 종이를 바꿔 다시 한번 서명했다. 동작은 간결했고, 눈빛에는 망설임이 없었다.

서명까지 걸린 시간은 5분이 채 되지 않았다. 단체협약의 절차는 그걸로 끝이었다. 이노무는 곧바로 서명된 종이와 펜을 조용히 회수해, 각각 회사 측과 노조 측 서류철에 나눠 정리했다.

단 한 장뿐인 단체협약 체결 내용은 다음과 같았다.

현행	개정안
제46조(징계의 절차) ① (현행 유지) ② 인사위원회는 파면에 대해서는 재적위원 2/3 이상으로 개의하고, 출석위원의 2/3 이상 찬성으로 의결한다. ③ (생략)	**제46조(징계의 절차)** ① (현행 유지) ② 인사위원회는 파면에 대해서는 재적위원 2/3 이상으로 개의하고, 출석위원의 과반수 찬성으로 의결한다. ③ (생략)

단체협약 시즌이 아닌데, 회사와 기성 노조는 파면이라는 해고 규정 단 하나만을 변경하기 위해 별도의 단체협약을 체결했다. 해고 규정을 급하게 바꿔야 할 이유도 없었고, 굳이 바꾼다 해도 그 시점이 서파이에 대한 감사를 시작한 직후라는 점은 더없이 석연찮았다.

이상한 점은 또 있었다. 기성 노조는 교섭대표노조로서 '공정대표의무'를 지고 있었다. 회사와 단체협약을 체결할 때는 다른 노동조합에게도 그 진행 상황을 공유하고, 의견을 수렴해야 한다는 법적 의무가 있었던 것이다.

하지만 서파이의 노조에는 아무런 통보도 없었다. 단체협약의 일정은 물론, 내용조차 공유되지 않았다. 그 결과, 해고 규정이 바뀌었다는 사실을 서파이는 전혀 알 수 없었다.

그날, 하늘은 잔뜩 흐려 있었고, KIRA 건물 안은 유난히 조용했다.

그리고 단 한 사람만이 자신을 향해 다듬어진 칼날이 이제 막 꺼내질 준비를 마쳤다는 사실도 모른 채, 그 안을 걷고 있었다.

월요일, 새벽 3시. 대부분의 사람들이 꿈을 꾸고 있을 시간.

KIRA 건물 1층의 한 회의실에만 불이 켜져 있었다. 창밖은 아직 어둠이었고, 복도등조차 꺼져 있었다.

회의실 테이블엔 인사위원회 위원 다섯 개의 명패가 놓여 있었다. 그중 두 자리는 박곤대 본부장과 인사팀 직원 한 명으로 내부 위원이었고, 다른 셋은 이노무와 친분이 두터운 인근 공공기관의 인사팀장과 얼마 전 서파이를 조사했던 외부 노무사 두 명의 외부 위원이었다. 이렇게 다섯 명으로 구성된 인사위원회가, '은밀하게' 소집된 것이었다.

위원장 박곤대의 발언으로 인사위원회는 시작되었다.

"금일 내부 위원 2명, 외부 위원 3명이 참석하여 인사위원회는 외부 위원 50% 이상으로 구성해야 한다는 규정을 만족하였으며, 재적위원 7명 중 5명 참석으로 인사위원회는 규정대로 개의되었습니다.

금일 안건 관련하여 인사위원회 간사의 설명을 들으시겠습니다."

이노무의 설명이 이어졌다.

"서파이 주임에 대한 징계 사유는 다음과 같습니다. 근무지 무단 이탈과 품위 유지 의무 위반입니다. 자세한 내용은 각자 자리 앞에 놓인 감사

보고서를 확인해 주시기 바랍니다."

이노무는 이어 덧붙였다.

"또한 당사자에게 인사위원회 개최 사실을 알리고 4일간 소명 기회를 부여했으나, 아무런 답변이 없었습니다."

그러나 그 '4일'이라는 숫자에는 이노무의 의도된 기술이 숨어 있었다. 사실 인사위원회가 열린다는 통지는 지난 금요일 서파이의 퇴근 후인 저녁 8시 회사 메일로 발송되었다. 실제로는 금요일 저녁부터 월요일 출근 전까지 회사 메일을 확인할 방법조차 없었지만, 이노무는 금, 토, 일, 월 날짜만을 단순히 셈해 외부 위원들로 하여금 마치 충분한 소명 기회를 준 것처럼 보이게 만들었다.

이어, 박곤대가 진행을 이어 갔다.

"KIRA의 징계에는 네가지 종류가 있습니다. 파면, 정직, 감봉, 견책입니다. 자료를 보시면 아시겠지만 이번일은 사안이 심각한 만큼 가장 강력한 징계인 '파면'을 제안합니다."

그러자 노무사 중 한 명이 발언을 했다.

"품위 유지 의무 위반은… 기존 징계 사유 목록에 없던 항목 아닌가요? 소명 기회를 주지 않고 징계 사유를 추가하면 절차적 하자 논란이 생길 수 있습니다.

그리고 설령 모든 내용이 사실이라 해도, 파면은 회사에서 해고를 당하는 건데… 너무 과한 징계라고 생각됩니다."

박곤대는 침착하게 고개를 끄덕였다.

"지적 감사합니다. 그럼 규정에 따라 거수로 표결하겠습니다. 파면 처분에 동의하시는 분은 손을 들어 주십시오."

그 말과 동시에, 박곤대 자신이 먼저 손을 들었다. 이어, 인사팀 직원과 인근 공공기관의 인사팀장이 아무 말 없이 손을 들었다.

노무사 둘은 끝내 손을 들지 않았다.

"3명 찬성, 2명 반대. 과반수 찬성에 따라, 서파이 주임에 대한 파면 처분이 의결되었습니다."

박곤대의 목소리는 조용했지만 단호했다.

새벽 3시에 시작된 인사위원회는, 15분도 채 되지 않아 조용히 마무리되었다.

그날 오전 8시 30분. 서파이는 평소처럼 일찍 출근해 자리에 앉아 메일을 확인하고 있었다.

받은 메일함을 열자, 상단에 새로 도착한 메일 하나가 눈에 띄었다.

『제목: 징계 통보서』

그는 한동안 화면을 바라보다가, 제목을 클릭한 후 메일의 내용을 천천히 읽었다. 메일의 내용에는 오늘 새벽 3시에 인사위원회가 열렸고, 그 자리에서 파면 결정이 내려졌다고 적혀 있었다.

다음 메일은 인사위원회 출석통지서였다. 수신 시각은 지난주 금요일, 서파이가 퇴근한 후인 저녁 8시. 금요일 저녁에 회사 메일로 통지를 보내는 바람에 서파이는 인사위원회가 열린다는 사실조차 알지 못했고, 당연히 참석할 수도 없었다.

결국 그는 자신에 대한 징계가 진행되는 동안 아무런 소명 기회도 없이, 그대로 파면을 당한 셈이었다.

심지어 KIRA의 규정에는 '노조 간부에 대한 징계는 해당 노조와 사전 협의를 거쳐야 한다'는 조항이 분명히 존재했다. 서파이는 소수 노조의 위원장이었고, 그 역시 이 규정의 적용 대상이었다.

그러나 이 절차는 철저히 무시되었다. 아니, 애초에 고려조차 되지 않았다.

그는 멍하니 모니터를 응시하다 한참 후에야 말없이 웃었다.

'새벽 3시에 인사위원회라니… 찬성률 100%의 북조선 선거도 해는 뜨고 나서 진행했는데… 남조선에서는 상상도 못 할 일이 벌어지는구나.'

11화
까리

* 까리: '기회'의 북한말

초겨울의 찬바람이 맨 얼굴을 사정없이 할퀴고 지나갔다. 나주의 하늘은 잿빛으로 흐려 있었고, 가로수의 잎들은 이미 다 져 앙상했다. 거리를 지나는 사람들은 잔뜩 웅크린 채 걸음을 재촉하고 있었다.

KIRA 건물 8층, 홍보팀 사무실. 최애순은 오늘도 두 눈을 바삐 굴리며 듀얼 모니터 위를 쉴 새 없이 훑고 있었다. 한쪽 화면엔 실시간 포털 뉴스 모니터링 창이, 다른 한쪽엔 기자 연락처 엑셀 파일과 사내 메신저가 동시에 떠 있었다.

사무실 중앙의 대형 TV 두 대에서는 서로 다른 뉴스 채널이 24시간 내내 무음으로 틀어져 있어, 이곳이 홍보팀임을 조용히 드러내고 있었다.

그때 홍보팀장의 목소리가 사무실을 가볍게 가로질렀다.

"최 주임, 잠깐 이리로 와 볼래요?"

최애순은 자리에서 벌떡 일어나 창가의 팀장 자리로 향했다.

"요즘 유튜브라는 게 있잖아. 우리도 한번 해 보면 어때?"

최애순은 미소를 지으며 대답했다.

"좋은 생각이네요. 앞으로는 유튜브가 대세가 될 것 같아요잉."

"그렇지? 그럼 말이야, 최 주임이 한번 만들어서 운영 좀 해 봐."

그 말에 최애순의 미소가 순간 멈칫했다.

"제가요…? 저 영상 편집은 한 번도 안 해 봤고요. 올해 별도로 배정된 예산도 없잖아요잉."

팀장은 손을 내저으며 말을 잘랐다.

"거참, 지자체 유튜버 중에 중추맨이라고 있어. 그 사람은 예산 없이도 잘 하던데?"

최애순은 고개를 살짝 갸웃하며 말했다.

"오매, 저는 중추맨이 아니잖아요. 그리고 저는 중추맨처럼 웃기게 생기지도 않았고요. 팀장님, 무리하지 말고 내년에 예산 배정받아서 하시죠잉."

그 순간, 최애순의 책상 위 전화기에서 벨소리가 울렸다.

"아, 저 기자님한테 전화 와서 통화 좀 하겠습니다잉."

최애순은 절묘한 타이밍에 감사하며 자리로 돌아가 수화기를 들었다.

"아, 기자님. 네, 기사 잘 봤어요. 제목이 아주 감각적이더라고요잉."
최애순은 전화기 너머의 목소리에 맞춰 웃으며 대답했다.
수화기 너머에선 은근한 압박이 섞인, 광고에 대한 '돌려 말하기'가 이어졌다.

"예예, 알죠. 광고는 뭐, 저희도 계획이 없진 않아요. 다음 기획기사 나갈 때 팀장님께 말씀드려 볼게요. 일단 다음 달 제주 행사에 초청드릴 테니까요. 바닷바람 쐬시면서 취재도 하시고, 한라산 한잔 같이 하시죠잉."

능청스러운 웃음으로 통화를 마치고 전화를 끊자, 최애순은 무심히 한숨을 쉬며 다음 업무로 고개를 돌렸다.

그녀의 다음 업무는 퇴근 시간에 맞춰 흘러나올 음악, 일명 '퇴근송' 선곡이었다. KIRA에서는 워라밸을 실천한다며 매일 오후 6시, 건물 전체에 세 곡의 노래를 틀어 주곤 했다.

노래 선곡은 정치적이거나 종교적인 색이 강한 곡은 제외하고, 직원들의 신청을 받거나 담당자가 직접 고른다. 대수롭지 않은 일 같지만, 생각보다 피곤한 일이었다.

"주임님, 오늘 제 신청곡 틀어 줄 수 있죠?"
"최 주임, 저번에 내가 신청한 곡 안 들어갔더라. 오늘은 부탁해요."
"원장님이 어제 임영웅 나온 TV 프로 보시고 말씀하시더라고요. 하나

넣어 드리면 좋아하실 텐데…"

하루에도 십여 통씩 날아드는 이런 메시지들.

정작 거절은 쉽지 않았다. 특히 원장이나 임원들이 부탁하는 경우엔 더더욱.

오늘도 어김없이 여기저기서 선곡 청탁이 몰려왔지만, 최애순은 오늘만큼은 모두 정중히 거절했다. 그리고 그녀는 태블릿으로 노래 세 곡을 플레이리스트에 담은 뒤, 정확히 오후 6시로 예약 재생을 설정했다.

모니터 하단의 시계는 어느새 5시 30분을 가리키고 있었다.

저녁 6시, KIRA 건물 전체에 퇴근송이 울려 퍼지기 시작했다.

"수고했어 오늘도

아무도 너의 슬픔에 관심 없대도

난 늘 응원해, 수고했어 오늘도"

노랫말이 천천히 사무실을 적셨다. LED등 불빛 아래, 컴퓨터 전원은 하나둘 꺼지고, 곳곳에서 직원들이 일어나기 시작했다.

서파이는 조용히 자리에서 일어나서 천천히 주변을 둘러보았다. 그리곤 이날의 공기와 햇살. 사무실의 풍경을 눈에 담았다.

책상 아래엔 이미 정리해 둔 A4용지 박스 하나. 그 안에는 업무 노트, 텀블러, 그리고 개인적으로 구매한 사무용품들이 가지런히 담겨 있었다. 무겁지 않지만, 무게감 있는 짐. 그 안엔 그의 지난 직장 생활이 조용히 눌어붙어 있었다.

"선임님."
서파이는 조용히 고개를 돌렸다.
"그동안 감사했습니다."

뒷자리에 앉아 있던 사아순 선임은 고개를 돌리고 말을 잇지 못한 채 고개만 간신히 끄덕였다.
그녀의 눈가에는 어느새 물기가 맺혀 있었다. 붉어진 눈시울을 감추듯, 그녀는 고개를 살짝 돌렸다.

서파이는 더 말하지 않았다. 작은 상자를 들고 일어나 엘리베이터로 향했다.

7층 엘리베이터 문이 '딩!' 소리를 내며 열렸다. 서파이는 작은 박스를 품에 안고 조용히 안으로 들어섰다.

퇴근 시간이라 엘리베이터 안은 이미 사람들로 가득 차 있었다. 그는 조용히 모퉁이에 자리를 잡았다.

서파이가 엘리베이터에 들어서자, 안에 있던 사람들은 그를 알아봤다. 순간, 이어지던 대화는 멈췄고, 누구 하나 고개를 들지 못했다. 사람은 가득 찼지만, 공기는 무거웠고 정적은 짙었다.

엘리베이터의 스피커에서는 두 번째 퇴근송이 나오고 있었다.

"우리 함께했던 날들 자꾸만 너 떠올라
너를 보내야만 내가 살 수 있을까
(가지 마) 떠나지 마 제발 (가지 마) 사랑하잖아
(가지 마) 나 혼자 남겨 두고 제발 제발 제발
가지 마 가지 마 가지 마…"

노랫소리가 엘리베이터 안을 가득 채웠다.

엘리베이터는 천천히 1층으로 내려갔다.

엘리베이터 문이 조용히 열렸다. 서파이는 작은 박스를 안은 채 천천히 밖으로 걸어 나와 출입구 게이트에 앞에 멈춰 섰다.

"삑"

익숙한 기계음이, 마지막 태그라는 사실을 확인해 주듯 무심히 울렸다. 그는 이어 로비 안내데스크에 사원증을 반납했다.

"탁"

플라스틱 사원증이 대리석 데스크 위에 살짝 부딪히며 짧은 소리를 냈다. 처음 사원증을 목에 걸었을 때 나는 소리와 같았지만 느낌은 전혀 달랐다.

박정의와 최애순이 미리 1층 정문 앞으로 내려와 기다리고 있었다.

박정의가 무어라 말을 꺼내려다, 끝내 입을 다물었다. 그 대신 옆에 서 있던 최애순이 참지 못하고 먼저 입을 열었다.

"아니. 월요일에 멀쩡히 출근했더니 이게 무슨 일이여…"

울컥 치미는 감정을 참지 못한 듯, 그녀의 눈가가 붉어졌다.

"이제 진짜 가는 것이여?"

잠시 정적이 흘렀다.

지금 이 순간, 어떤 말도 위로가 될 수 없다는 걸 셋 다 알고 있었다.

"갈게. 너희는 들어가. 연락하자."

서파이는 담담한 목소리로 말하고는 조용히 발걸음을 옮겼다.

바로 그때, 건물 스피커에서 마지막 퇴근송이 흘러나오기 시작했다.

"조금 더 볼륨을 높여 줘 비트에 날 숨기게

오늘은 모른 척해 줘 혹시 내가 울어도"

서파이는 양손으로 작은 박스 하나를 들고 KIRA 건물을 나섰다.

박정의와 최애순은 그대로 그 자리에 서서 그의 뒷모습을 바라보았다.

서파이가 걸을 때마다 박스 안에서 짐들이 덜그덕, 가볍게 부딪히는 소리가 들려왔다.

그 소리는 낯설 만큼 쓸쓸했다.

하늘에선 희미한 눈발이 조용히 흩날리고 있었다.

"소중했던 내 사람아 이젠 안녕
찬란하게 반짝이던 눈동자여
사랑했던 날들이여 이젠 안녕
달빛 아래 타오르던 붉은 입술
떠난다면 보내 드리리
뜨겁게 뜨겁게 안녕"

다음 날,

"삑" 자동문이 열리자 따뜻한 공기가 서파이를 감쌌다. 그는 편의점 사장님에게 고개를 살짝 숙여 인사를 하고, 곧장 도시락 코너로 향했다.

선반 한가운데, 붉은 라벨이 눈에 띄었다.

'혜자로운 도시락.'

"김혜자 선생님, 오늘도 잘 먹겠습니다."

혼잣말처럼 중얼거리며 도시락을 집어 들었다. 그리고 주류 코너에서 짐빔 레몬 하이볼 하나를 골라 들고 계산대로 향했다.

"포장해 드릴까요?"

사장님의 질문에 서파이는 잠시 망설였다. 집에서 먹을까 고민했지만, 이내 고개를 저으며 "아뇨"라고 대답했다. 그가 남한에서 혼자 살아가며 느낀 가장 곤란한 일은, 음식물 쓰레기를 처리하는 것이었기 때문이다.

전자레인지 앞에 서서 그는 도시락 포장을 조심스레 벗기고, '2분 30초'를 눌렀다. 음식이 데워지는 동안 그는 하이볼을 한 모금 마시며 유리창 너머로 시선을 옮겼다. 초겨울의 나주 하늘은 연한 햇살 아래 옅은 안개를 머금고, 나른하게 펼쳐져 있었다.

"띠링." 전자레인지 문을 열자 김이 몽글몽글 피어올랐다. 서파이는 창가 테이블에 자리를 잡고, 묵묵히 숟가락을 들었다.

제육볶음, 계란 프라이, 콩나물 무침, 볶음김치. 그는 천천히 음식을 씹으며, 무미건조한 세상 속에서 따뜻한 편의점 도시락이 주는 작은 위안을 느꼈다.

오피스텔로 돌아온 그는 문을 닫자마자 상의를 벗었다. 작은 방 안, 조용히 숨을 골라 바닥에 손을 짚는다.

팔굽혀펴기부터 시작해, 스쿼트, 덤벨. 몸이 오르내리며 규칙적인 호흡이 이어졌다. 몇 세트를 반복하자 이마에 땀이 송글송글 맺히고, 머릿속은 점점 맑아지기 시작했다.

'지금, 이곳은 자본주의 사회다. 살아가려면 돈이 필요하다.'

그동안 모아둔 월급 덕분에 당장은 버틸 수 있었다. 하지만 홍보관 엘리베이터는 여전히 고장 난 채였고, 북으로 돌아가는 것은 불가능했다.

이제는 통장이 텅장이 되기 전에 생계를 고민해야 할 때였다.

문득 머릿속을 스친 생각.

'코인 해킹.'

한때는 누구보다 자신 있었던 기술이었다. 하지만 지금 이곳엔 함께 작전을 짤 동지도, 그 결과물을 현금화할 루트도 없었다.

그리고 그때 문득, 그녀의 얼굴이 떠올랐다. 그녀의 해맑은 눈빛 앞에서, 그는 떳떳한 일을 하며 지내고 싶었다.

그는 바닥에 누워 숨을 고르며 눈을 감았다.

이제부터는, 그는 이곳에서 생존하기 위해, 방법을 고민해야 했다.

며칠 뒤, 서파이의 휴대폰에 '박정의'라는 이름이 떴다.

"어이! 시간 빌게이츠, 잘 지내지? 뭐, 못 지내는 건 아니지?"

박정의는 백수가 된 서파이를 '시간 빌게이츠'라 부르며, 예전처럼 밝게 안부를 건넸다.

서파이는 너스레 섞인 목소리로 반갑게 대답했다.

"응, 그럼. 백수 되니까 아침에 일찍 안 일어나도 돼서 좋네."

잠시 뜸을 들이던 박정의가 조심스레 말을 이었다.

"사실… 너야 마음만 먹으면 어디든 이직할 수 있겠지. 능력 있잖아. 근데, 혹시 알바 하나 해 볼 생각 없어?"

뜻밖의 제안이었다. 서파이는 고개를 살짝 갸웃했다.

"화순에 백아산 눈썰매장이라고 있어. 내가 군대 갔다 와서 복학 전에 알바했던 곳인데, 얼마 전에 우연히 사장님이랑 통화를 했거든. 이번 시즌에 알바를 다 못 구해서 좀 급하게 사람을 찾고 계시더라."

박정의는 말을 이었다.

"그냥 아무 생각 없이 몸만 쓰면 되는 일이야. 머리 비우기엔 꽤 괜찮지. 겨울에만 할 수 있긴 한데, 숙식도 제공되고 페이도 나쁘지 않아."

그리고 웃으며 덧붙였다.

"내가 예전에 일을 워낙 잘해서, 사장님께 말씀드리면 바로 일할 수 있을 거야."

서파이는 아무 말 없이 잠시 생각에 잠겼다. 몸을 움직이고, 머리를 잠시 비울 수 있는 일. 지금 자신에게 가장 필요한 게 그거일지도 몰랐다.

그는 조용히 고개를 끄덕였다.

"응, 해 볼게. 고마워. 이렇게 생각해 줘서."

눈 덮인 산자락을 따라 도로를 굽이굽이 올라가면, 작은 리조트 단지처럼 꾸며진 공간이 모습을 드러낸다. 여기가 바로 '화순 백아산 눈썰매장'이다.

한쪽엔 아이들이 도넛 모양의 튜브를 타며 내려오는 눈썰매장이 있고, 그 옆으론 펜션, 식당, 카페가 나란히 들어서 있다. 겨울철 펜션은 손님이 거의 없어 아르바이트 직원들의 숙소로 활용되고 있었다.

식당 간판엔 커다랗게 '돈까스 · 김밥 · 라면'이 적혀 있었고, 카페는 눈썰매장을 바로 내려다볼 수 있는 전망 좋은 곳에 자리해 있었다.

눈썰매장에서 사용하는 썰매는 도넛 모양의 원형 튜브로, 사람이 앉으면 중앙이 살짝 꺼지며 몸을 안정적으로 감싸는 구조였다.

탑승자는 썰매장 아래 방향을 향해 튜브에 앉고, 직원이 리프트의 후크를 튜브 뒷부분 고리에 걸면, 리프트가 천천히 튜브를 뒤쪽으로 끌어올렸다.

눈썰매가 정상에 도착하면, 탑승을 기다리는 대기공간으로 이어졌다. 그곳에서 줄을 맞춰 눈썰매를 타고 대기하면, 안내 방송과 함께 눈썰매를 밀어내는 장치가 작동했고, 아이들과 어른들은 환호성을 지르며 눈길을 따라 아래로 미끄러져 내려갔다.

서파이의 역할은 단순하면서도 중요했다.

탑승자가 튜브에 앉으면, 먼저 후크 줄이 꼬였거나 끊어지진 않았는지 점검하고, 정확히 튜브 고리에 걸어 주는 것이다.

그리고 정해진 멘트를 차분하게 전달해야 했다.

"튜브 뒤로 출발합니다. 정상까지는 약 3분 걸립니다."

어린이가 탑승할 경우엔 한 마디가 더해졌다.

"어린이 친구, 몸을 흔들지 말고 앉아 있어요."

튜브가 흔들려 후크가 빠지는 걸 방지하기 위한 주의 멘트였다.

한 달이 지났다. 처음엔 어색하기만 했던 리프트 고리와 손놀림, 이제는 눈 감고도 척척 해낼 만큼 몸에 익었다. 서파이는 눈썰매장의 점퍼를 입고, 오늘도 올라가는 곳 입구에 서 있었다.

"아버님, 튜브 뒤로 출발합니다. 정상까지는 약 3분 걸립니다."

아이보다 먼저 출발한 아빠가 도넛 모양 튜브에 앉은 채, 리프트에 끌려 언덕 위로 천천히 올라가고 있었다.

그 뒤를 이어 유치원생쯤 되어 보이는 아들이 기대감 가득한 표정으로 튜브에 올라탔다. 털장갑을 낀 작은 두 손이 손잡이를 꾹 쥐고 있었다. 서파이는 리프트 후크를 확인한 뒤, 튜브 뒤에 있는 고리에 연결했다.

"어린이 친구, 몸 흔들지 말고 앉아 있어요."

아이의 튜브도 부드럽게 끌려 올라가기 시작했다.

서파이는 다음 손님을 받으려 돌아서려던 찰나, 등 뒤에서 무언가 '툭' 하고 빠져나가는 소리가 들렸다.

"꺅!"

그리고 사람들의 소리 지르는 소리가 들렸다.

고개를 돌렸을 땐 이미 늦었다.

아이가 탄 튜브는 언덕 중턱을 지났을 때, 리프트 후크에서 분리되어 점점 속도를 높이며 경사로 옆길을 따라 아래로 미끄러지고 있었다.

그 아래는 눈으로 덮여 있었지만, 그 너머엔 절벽이 기다리고 있었다.

시간이 멈춘 것 같았다. 직원들도, 줄 서 있던 사람들도 아무도 소리만 지르고 움직이지 못했다.

그 순간, 서파이의 몸이 반사적으로 튕겨 나갔다. 두 다리로 아이가 탄

튜브를 향해 전속력으로 달렸다. 서파이는 튜브가 절벽 가장자리에 닿기 직전, 몸을 날려 아이를 잡아 그대로 감싸안았다.

두 사람은 함께 뒹굴며 눈밭에 처박혔다.

튜브는 그대로 가볍게 튕기듯 절벽 아래로 떨어져 몇 초 뒤, "턱" 하고 눈 더미 속에 박히는 소리가 들려왔다.

아이를 품에 안은 서파이는 눈밭 위에 누운 채 숨을 고르고 있었다. 그의 팔은 긁혔고, 무릎은 눈 속에서 뜨겁게 욱신거렸다. 그러나 품에 안긴 아이는 무사했고, 그 사실만으로도 그에게는 충분했다.

잠시 뒤, 아이의 아버지가 달려왔다. 그의 이마에는 식은땀이 맺혀 있었고, 얼굴은 사색이었다.

그는 서파이 앞에 무릎을 꿇다시피 하며 말했다.

"정말 감사합니다. 아니… 이 은혜는 어떻게 갚아야 할지…"

서파이는 몸을 일으키며 가볍게 고개를 저었다.

"괜찮습니다. 제가 해야 할 일을 했을 뿐입니다. 아이만 무사하면 괜찮습니다."

"아뇨, 전 절대로 그냥 못 넘어갑니다. 꼭 사례하고 싶어요. 적어도… 밥이라도 한번 꼭 사게 해 주십시오."

그는 명함 한 장을 꺼내 서파이의 손에 쥐어 주었다.

『이겨따 대표 변호사 / 법무법인 송&이』

낯설지 않은 이름이었다. 서파이는 지역 방송에서 그를 몇 차례 본 기억이 있다. 몇 년 전 그는 극우 정치인이 5·18 유족을 공개 모욕한 명예훼손 사건을 맡아 완승을 거두었고, 그 뒤로도 굵직한 소송마다 승전보를 울리며 이 지역에서 '우영우'보다 더 유명한 천재 변호사로 자리매김했다.

그때, 숨을 몰아쉬며 눈썰매장의 사장도 현장에 도착했다. 사장은 허둥지둥 다가와 아이의 상태를 확인했고, 이겨따의 명함을 보고 사색이 된 채 고개를 '갤럭시 Z 플립'만큼 깊이 숙였다.

"참말로 죄송합니더… 고리 점검을 제대로 안 한 거, 다 제 잘못이여라. 병원비고 치료비고, 몽땅 제가 책임질게요잉…"

하지만 이겨따는 고개를 저으며 차분하게 말했다.

"그건 괜찮습니다. 장비 점검은 앞으로 잘 하시면 되는 거고, 아이는 무사하니까 책임을 묻고 싶지는 않습니다."

그리고 옆에 선 서파이를 가리켰다.

"다만, 이분에게 제가 직접 보답할 수 있는 기회를 주십시오. 그게 제가 바라는 전부입니다."

사장은 순간 멈칫하더니, 다시 한번 고개를 숙였다.

"예, 잘 알았심더. 그 일은 제가 어떻게든 해 보겠습니다잉."

그날 오후. 눈썰매장 사장은 서파이를 사장실로 불렀다.

“서 씨, 참말로 고마와.

일단 카드 줄 테니까 병원부터 가서 검사 좀 받아 보랑게. 타박상이라도 그냥 넘기믄 안 되잖여.

오늘 알바비는 다 줄 테니께 병원 다녀오고 푹 쉬고, 내일도 알바비는 챙겨 줄 테니께 하루 더 쉬어잉.”

그리고 잠시 말을 멈추더니 덧붙였다.

“아까 그 아버지분 말이여, 이겨따 변호사님.

자네한테 고맙다고 밥이라도 한 끼 사 주고 싶다 하더만.

내일 쉬면서 시간 되믄, 한번 만나 보는 게 어떻겠당가?”

서파이는 조용히 고개를 끄덕였다.

왼쪽 무릎이 욱신거렸지만, 마음은 조금 따뜻했다.

다음 날 오전, 눈썰매장 주차장에 낯선 엔진음이 들렸다. 유난히 낮게 깔린 차체, 광택이 번쩍이는 외관, 그 가운에 큼지막한 검정색 말.

운전석 창문이 천천히 내려가며, 익숙한 얼굴이 모습을 드러냈다.

“서파이님, 타세요. 우리 맛있는 거 먹으러 가요.”

'이겨따'

어제 눈썰매장에서 만났던 그 변호사였다. 오늘은 평상복 대신 고급 캐시미어 코트를 입고 있었다. 사람이 달라 보인다는 건, 아마도 이런 걸 두고 하는 말일 것이다.

서파이는 조용히 차에 올랐다. 문을 닫자, 차 안은 외부 소음이 뚝 끊겼다.

차는 매끄럽게 산길을 넘어 광주호 근처까지 달렸다. 목적지는 호숫가에 위치한 최고급 한정식집.

호수가 보이는 가장 좋은 룸으로 이미 예약이 되어 있었고, 잠시 후 은쟁반 위에 정갈한 반찬들이 하나씩 놓였다. 그 가운데 오늘의 주인공, 보리굴비가 등장했다.

이겨따는 먼저 봉투 하나를 꺼내 서파이 앞에 내밀었다.

"이건 치료비 명목으로 드리는 겁니다.

눈썰매장에서 치료비는 지급하겠지만, 저도 충분히 치료받으시라고 드리는 거니 넣어 두세요."

이어 테이블 아래에서 홍삼 선물세트를 꺼냈다.

"건강도 챙기셔야죠. 이건 선물이라고 생각해 주십시오."

서파이는 어쩔 줄 몰라 하며 두 손으로 선물을 받았다.

뭔가 비현실적인 상황 같았다.

보리굴비 앞에서 당황하는 서파이를 보고 이겨따가 설명을 시작했다.
"서울 출신이라 보리굴비 안 드셔 보셨구나?"
이겨따는 녹차를 밥에 부으며 말했다.

"제가 먹는 방법을 알려 드릴게요. 일단, 녹차를 밥에 붓고요.
밥 한 순갈을 떠서 그 위에 보리굴비 살을 올려서 드시면 됩니다."

서파이는 알려 준 방식대로 한입 먹어 봤지만, 고개 한쪽으론 의문부호가 맴돌았다.
'밥에 녹차를 부어? 생선도 얹고? 이게 무슨 맛이고… 이게 왜 비싼 건데?'

하지만 차마 입 밖에 내진 않았다.
씁쓸하고 비린 맛.
서파이는 도무지 이해가 되지 않는 맛이었다.

"어떠십니까?"
이겨따가 미소 지으며 물었다.

서파이는 잠깐 고민하다가,
"네. 건강해지는 맛이네요."라고 대답했다.

오묘한 서파이의 표정을 보고, 이겨따는 한바탕 웃음을 터뜨렸다.

두 사람은 조용히 식사를 이어 가며 자연스럽게 이야기를 나눴다.

이겨따는 젓가락을 내려놓고, 반쯤 비운 밥그릇을 바라보다 조심스럽게 입을 열었다.
"저는 변호사가 된 이후에 일만 하고 살았습니다."

그는 변호사가 된 후, 대부분의 사람들이 불가능하다고 여겼던 소송을 줄줄이 승소했다고 했다. 그 덕에 '천재 변호사'라는 별명이 따라붙었고, 지역 언론에서 인터뷰 요청이 쏟아질 정도로 알려졌다고.

"문제는… 일이 모든 걸 가져가더라고요.
가정에 소홀해지면서 결국 이혼하고 혼자 남게 되었어요."

그의 말은 담담했지만, 그 속엔 조용한 씁쓸함이 묻어 있었다.
이번 눈썰매장 방문도, 오랜만에 주어진 면접교섭 기회 덕분에 유치원생 아들과 함께 보낸 귀한 하루였다고 했다.

서파이는 밥을 천천히 씹으며 잠시 침묵하더니, 자신에 대해 간단히 이야기했다.
"저는 KIRA라는 공공기관에서 일하다가 해고돼서 눈썰매장에서 일하고 있어요."

이겨따는 자세를 고쳐 앉으며 물었다.

"혹시… 해고 사유나 절차에 대해 조금 더 자세히 말씀해 주실 수 있을까요?"

서파이는 부패한 기성 노조에 맞서 새로운 노동조합을 설립했던 일부터 설명했다.

이후 회사에서 무리한 감사를 실시했으며, 심지어 서파이가 살던 오피스텔을 무단으로 뒤지기까지 했다고 밝혔다. 서파이는 이 내용을 회사에 의한 직장 내 괴롭힘으로 신고했지만 인정받지 못했다고 덧붙였다.

이어 회사와 기성 노조가 서파이를 해고하기 위해 규정 자체를 변경한 일부터, 상사의 담배 심부름을 다녀온 짧은 외출을 '근무지 무단 이탈'이라는 해고 사유로 둔갑시켰고, 여기에 아무런 사전 고지 없이 갑작스럽게 '품위 유지 위반'이라는 항목이 추가되었으며, 이로 인해 결국 파면 처분을 받게 되었다고 말했다.

징계 인사위원회의 출석 통보 메일은 금요일 퇴근 이후 회사 메일로 발송되었고, 인사위원회는 바로 다음 월요일 새벽 3시에 열려 자신의 입장을 소명할 기회조차 박탈당했다고 밝혔다.

이겨따는 그 말을 조용히 듣더니, 이내 고개를 끄덕였다.

"말씀만 들어도 이건 부당해고일 가능성이 매우 높아 보입니다.

절차에도 문제가 많고, 해고 사유 자체도 납득하기 어렵습니다."

그는 테이블 위에 놓인 냅킨을 살짝 옆으로 밀며 조심스레 설명을 이어갔다.

"부당해고에 대한 대응 방법을 말씀드리자면, 노동위원회에 구제신청을 하는 방법과 법원에 해고 무효 확인 소송을 제기하는 방법이 있습니다.

노동위원회를 통한 구제 신청 절차는 일반적으로 결과가 빨리 나온다는 장점이 있지만, 상대 측이 끝장을 보겠다고 하면, 지방노동위원회, 중앙노동위원회에 이어 결국 행정소송 3심까지 해야 해 총 다섯 번의 절차를 거쳐야 합니다."

그리고 고개를 들어 서파이를 바라보며 말했다.

"반면에 해고 무효 확인 소송으로 바로 민사소송을 제기하면 3심제로, 오히려 구제 신청보다 결과가 빨리 나올 수도 있습니다. 회사에서 한 짓을 생각하면 끝까지 갈 수도 있을 것 같으니 이런 경우는 민사소송이 더 유리해 보입니다."

서파이는 잠시 말이 없었다.

이겨따는 조심스럽게 말을 이었다.

"괜찮으시다면, 이 사건… 제가 무료로 변론을 맡아 드리고 싶습니다.

개인적으로도 의미가 있고, 사회적으로도 가치 있는 사건입니다."

그는 더 조심스러운 목소리로 덧붙였다.

"징계 직전 해고 규정을 바꾸고, 징계 사유를 사전에 고지하지 않은 점은 절차상 중대한 하자에 해당하고, 소명 기회가 없었던 것도 명백한 문제입니다.

그리고… 상사의 담배 심부름 때문에 자리를 잠시 비운 것이 해고 사유라뇨. 그건 해고는커녕, 애초에 징계조차 할 수 없는 무리한 사안입니다."

서파이는 식어 버린 녹차밥을 바라보다가, 조용히 고개를 들었다.

"감사합니다. 변호사님이 맡아 주신다니, 마음이 든든해집니다."

이겨따는 미소 지으며 고개를 끄덕였다.

"저야말로 감사합니다. 저에게 보답할 수 있는 기회를 주셔서요."

다음 날 이른 아침. 서파이는 홀로 백아산을 올라 흔들 다리에 도착했다. 아직 해가 완전히 뜨지 않아, 공기는 차갑고 숨결은 하얗게 피어올랐다.

다리 한가운데에 멈춰 선 그는, 저 멀리 능선 위로 천천히 떠오르는 해를 바라보았다. 붉은빛이 구름 사이를 비집고 나와 산등성이를 서서히 물들이고 있었다.

그 순간, 불현듯 하나의 생각이 떠올랐다.

'돌아갈 수 있을지 모른다.'

회사를 떠난 뒤에도 서파이는 박정의, 최애순과 종종 연락을 주고받았다.

같은 시간, 같은 공간을 견뎌 낸 동기들과의 연결은 예상보다 훨씬 큰 위로가 되었고, 마음 한편을 지탱해 주는 작은 등불처럼 느껴졌다.

어느 늦은 밤, 박정의에게서 단체 메시지가 도착했다. 내용은 유쾌하고 단순했다.

"야, 너희 딸기 케이크 좋아하지? 내일 함평 갈래?

'키친205'라는 카페인데, 딸기 케이크가 기가 막혀.

서울에도 지점이 있는데 본점이 함평이래.

연예인 누구더라… 박명수였나? 아무튼, 유튜브에서 이 집 딸기 케이크를 극찬했대."

문장 하나하나에서 가벼운 열정이 묻어났고, 이상하게도 그 메시지는 묘하게 따뜻하게 느껴졌다.

최애순이 곧장 답을 보냈다.

"오, 저 내일 시간 비는디요. 저 딸기 케이크 좋아해브러요. 내일 고고."

서파이도 이내 짧게 덧붙였다.

"그래, 나도 내일 별일 없어. 가즈아~"

그렇게, 함평행 딸기 케이크 원정대가 결성되었다. 일상에 쉼표 하나, 설렘 하나가 더해지는 순간이었다.

다음 날 아침, 단체 대화방에 짧은 메시지가 도착했다.

"미안, 갑자기 부모님이 편찮으셔서 오늘은 못 갈 것 같다. 너희 둘이 다녀와."

보낸 사람은 다름 아닌 박정의였다. 단호하고 간결한 문장, 이모티콘 하나 없는 말투는 장난이 아니라는 것을 분명히 드러내고 있었다.

하는 수 없이, 서파이와 최애순 둘만의 함평행이 확정되었다.

서파이는 모자에 목도리를 둘러매고 오피스텔 정문 앞으로 나섰다.
잠시 뒤, 익숙한 노란 경차 한 대가 길가에 멈춰 섰다. 조수석 창문이 내려가고, 최애순이 익살스럽게 외쳤다.
"기사 왔습니다잉. 얼른 타시게요."

서파이는 조심스럽게 탑승해 문을 닫았다. 차는 부드럽게 출발했다.

도로 위에서 최애순의 운전은 예전과 비교해 훨씬 나아져 있었다. 핸들 돌리는 손에 여유가 있었고, 곡선 구간도 급제동 없이 매끄럽게 돌아 나갔다.

다만, 깨지고 금이 가 테이프로 붙여둔 사이드 미러, 군데군데 긁히고 찌그러진 범퍼는 운전 실력 향상 대신 받은 훈장처럼 고스란히 남아 있었다.

"정의 오빠는 뭐당가… 자기가 딸기 케이크 먹으러 가자더니. 부모님 일이라 어쩔 수 없긴 허지만, 그래도 섭섭하네요잉."
투덜거리는 목소리 뒤로 겨울 볕이 유리창 너머로 부드럽게 스며들었다.

그때, 서파이의 휴대폰에서 카톡 알림이 울렸다. 화면에는 '박정의'라는 이름이 떴다.
"파이야. 네가 없어서 그동안 애순이가 많이 힘들어했어. 오늘은 간만에 즐겁게 해 줘.

그리고… 너희 둘, 진짜 잘 어울린다.”

서파이는 천천히 화면을 끄고, 운전석 쪽을 바라봤다.

햇살에 물든 최애순의 옆모습.

투덜대는 얼굴에 묻어나는 미소, 목도리 틈 사이로 비치는 옅은 홍조.

이상하게도, 그 모습이 오래도록 눈에 남았다.

함평에 도착해 차를 카페 근처 공터에 주차한 두 사람은 길 건너편에 자리한 하얀 2층 건물을 바라보았다.

'키친205' 요즘 SNS에서 유명세를 타고 있다는 그 딸기 케이크 카페였다.

신호등이 없는 횡단보도를 건너려는 순간, 오른쪽에서 갑자기 승용차 한 대가 빠르게 달려왔다.

그 순간, 최애순이 서파이의 손을 덥석 잡아 끌었다.

최애순의 손은 놀랄 만큼 따뜻하고 부드러웠다. 짧은 순간, 따뜻한 손끝이 전한 감촉은 묘하게 오래 남았다. 그저 건넨 손길일 뿐인데, 마음 어딘가가 조용히 떨렸다.

KITCHEN
205
KITCHEN
205

카페 안 커다란 쇼케이스엔 딸기 디저트가 가득했고, 그 중심에는 그들이 찾아온 '딸기 케이크'가 있었다. 딸기 케이크는 부드러운 생크림에 윤기 나는 딸기가 3단으로 큼직하게 올려져 있었고, 딸기 파르페는 유리잔 안에 생딸기 슬러시, 시리얼, 요거트 아이스크림이 층층이 쌓여 있었다. 맨 위엔 딸기 반 조각이 얹혀 있어 보는 것만으로도 기분이 좋아졌다.

한 입, 두 입.

서파이는 조용히 포크를 내려놓고 중얼거렸다.

"진짜 맛있다."

"그쵸? 함평까지 온 보람이 있네요잉."

최애순이 해사하게 웃으며 말했다.

케이크는 입 안에서 부드럽게 녹았고, 파르페는 혀끝에서 상큼하게 터졌다.

서파이는 속으로 생각했다.

'케이크가 진짜 맛있는 걸까? 아니면 이 사람이랑 같이 먹어서 맛있는 걸까.'

디저트를 다 먹은 후 두 사람은 함평 엑스포 공원으로 발걸음을 옮겼다. 겨울이라 외부는 썰렁했지만, 실내 전시관은 따뜻하고 잘 정비되어 있었다. 유리 온실 안에는 나비들이 조용히 날아다녔고, 중앙 홀에는 황금박쥐 조형물이 반짝이고 있었다.

"이거 봐. 황금으로 만든 황금박쥐. 옛날에 27억의 예산을 들여서 만든 거거든. 그땐 세금 낭비라고 욕을 엄청 먹었는데…"

서파이가 말했다.

"어, 그거 뉴스에서 본 거 같아요. 근디 지금은 금값이 올라 부러서 떡상했다 카던데요?"

"응. 지금은 그 가치가 270억 가까이 한대. 이제는 투자 성공이라고 하더라."

"와, 진짜 세상일은 아무도 모르겄네요잉."

최애순이 고개를 끄덕이며 말했다.

돌아오는 길, 차 안은 고요했다. 최애순이 핸들을 잡고 운전하는 옆모습을, 서파이는 조용히 바라봤다. 햇살은 어느새 지고 있었고, 차 오디오에서는 잔잔한 발라드가 흘러나왔다.

서파이는 창밖을 바라보며, 마음 깊은 곳에서 무언가 뭉근하게 일어나는 걸 느꼈다.

오늘 하루, 그에게는 너무도 따뜻한 기억이었다. 최애순과 손을 잡고 길을 건너고, 디저트를 나눠 먹고, 공원을 나란히 걸은 순간들이…

하지만 그 감정이 따뜻해질수록, 서파이는 또 한 번 아프게 깨달았다.

임무가 끝나면, 그는 다시 북으로 돌아가야 한다는 것. 언젠가 모든 것을 지우고 떠나야만 한다는 사실을.

차 안에서는 김나영의 '봄 내음보다 너를' 노래가 나오고 있었다.

"아직 너를 너를 그리워해
여전히 넌 내 맘 깊은 곳에
너와 걷던 길목을 지나갈 때면
나는 고개를 떨구곤 해"

12화
역전이김

* 역전이김: '역전승'의 북한말

어느새 2월이 찾아왔다.

광주광역시 지산동은 법원이 가까운 덕에 수많은 로펌들이 몰려 있었다. 그중에서도 유난히 눈길을 끄는 건물의 최상층에는 천재 변호사 이겨따가 운영하는 '법무법인 송&이'가 자리하고 있었다.

로펌 입구로 들어서면 밝고 널찍한 로비가 방문객을 맞았다. 품격 있는 소파와 테이블이 놓인 대기 공간 벽면에는 유명 예술가들의 작품과 고급스러운 명화가 걸려 있었다.

로펌 내부에는 여러 변호사들의 사무실이 있었지만, 이겨따의 방은 가장 넓고 전망 좋은 모퉁이에 위치했다. 방 안에서는 한쪽 창으로 눈 덮인 무등산의 웅장한 풍경이 펼쳐졌고, 다른 한쪽 창으로는 법원이 마치 자신의 발 아래 있는 듯 내려다보였다. 이는 광주에서 가장 유명하고 영향력 있는 변호사 이겨따의 위상을 은유적으로 드러내는 듯했다.

이겨따의 사무실 한쪽 벽면 전체는 다양한 법률 서적들로 빽빽하게 채워져 있었고, 창가 쪽에는 무등산을 배경으로 한 대형 원목 책상과 인체공학적으로 설계된 고급 가죽 의자가 자리하고 있었다. 책상 위의 서류들은 마치 주인의 성격을 드러내듯 빈틈없이 정돈되어 있었다.

이겨따는 오늘도 깊은 생각에 잠겨 있었다. 책상 위에는 서파이가 보내온 서류들이 가지런히 놓여 있었다. 그는 잠시 허리를 펴고 자세를 바로잡더니 키보드를 두드리기 시작했다.

소 장

원 고　　서파이

　　　　소송대리인 법무법인 송·이

피 고　　한국인트라넷진흥원

해고무효확인의 소

청 구 취 지

1. 피고의 원고에 대한 2015. 12. 01.자 해고는 무효임을 확인한다.

2. 소송비용은 피고가 부담한다.

라는 판결을 구합니다.

청 구 원 인

1. 당사자의 지위

피고는 국가 정보화 기본 법률 제14조에 따라 국가정보화 추진과 관련된 정책의 개발과 건강한 정보문화 조성 및 정보격차 해소 등을 지원하기 위하여 설립된 법인입니다.

(갑 제1호증 법인등기사항 증명서)

원고는 2015. 2. 10. 피고에 입사한 후 정보보호본부 디지털팀 주임연구원 및 피고의 단위노조인 'KIRA올바른노동조합'의 장으로 근무하던 중 2015. 12. 01. 피고로부터 해고된 자입니다.

(갑 제2호증 재직증명서
갑 제3호증 노동조합설립신고증
갑 제4호증 인사위원회 출석통지서
갑 제5호증 징계통보서)

2. 피고의 원고에 대한 해고 절차

피고는 2015. 11. 27. 원고에게 "근무지 무단이탈 및 품위유지의무 위반으로 인한 관련 규정 위반에 따른 징계 의결 심의"가 예정되어 있다는 내용의 출석통지서를 발송하였고(갑 제4호증), 2015. 11. 30. 인사위원회를 개최하여 원고를 징계 파면할 것을 의결하였습니다(갑 제5호증).

3. 이 사건 해고의 부당성에 관하여

가. 원고 주장의 요지
앞서 살펴본 바와 같이 피고는 갑 제4호증 내지 갑 제5호증 기재 사유로 원고를 해고하였으나, 후술할 바와 같이 이 사건 해고처분상의 각 징계사유들은 존재하지 아니하거나 그 사실관계를 왜곡한 것으로 정당한 징계사유에 해당하지 아니할 뿐만 아니라 피고는 적법한 징계절차에 따르지 아니하고 원고를 해고한 위법이 있습니다. 또한, 가사 백 번 양보하여 피고가 제시한 징계사유가 인정된다고 하더라도 이 사건 해고처분은 징계양정이 지나치게 무거워 위법·부당하여 무효라고 할 것인바, 이하에서는 이 사건 해고처분의 부당성에 관하여 상세히 검토하도록 하겠습니다.

서파이가 소송을 제기하자 회사는 국민의 세금으로 엄청난 비용을 들여 이 분야에서 유명한 초대형 로펌을 선임했다.

이후 본격적인 재판에 앞서 판사의 권유로 양측은 '민사조정' 절차에 들어갔다.

민사조정이란 상호 간의 양보와 타협을 통해 합의를 도출하여 분쟁을 평화적이고 신속하게 해결하는 제도다. 양측 모두 조정에 합의하면 그 효력은 판결과 동일하다.

조정이 진행되는 날, 광주지방법원의 조정실은 팽팽한 긴장감으로 가득했다. 중앙에는 노련한 눈빛의 조정위원이 자리를 잡고 있었고, 원고석에는 서파이와 이겨따가, 맞은편 피고석에는 회사측 변호사와 이노무가 앉아 있었다.

서파이는 이겨따와 사전 논의를 거쳐 복직만 허용된다면 조정을 받아들일 의사가 있었다.

"피고 측, 제가 자료를 봤는데 잘 이해가 안 가서 질문하겠습니다. 대체 무슨 이유로 해고를 했다는 거죠?"

조정위원이 차분한 목소리로 말을 꺼냈다.

이노무가 당당한 태도로 몸을 앞으로 기울이며 입을 열었다.

"근무지 무단 이탈과 품위 유지 의무 위반입니다."

"그러니까… 근무지 무단 이탈의 실제 사유가 무엇인가요?"

예상치 못한 조정위원의 질문에 이노무는 당황했다. 서파이가 오피스텔에서 낮잠을 자고 왔다고 대답을 한다면, 논리적으로 반박당할 가능성이 컸기 때문이다. 순간, 그는 며칠 전 서파이의 인스타그램을 훑어보다 잔디밭이 어렴풋이 보이는 사진 한 장을 본 기억을 떠올렸다.

"원고는 근무 시간에 회사 옆 어영CC에서 골프를 쳤기 때문입니다."

조정위원의 눈썹이 가늘게 올라갔다.

"어영CC라면 나주혁신도시에 있는 18홀 골프장을 말하는 거죠? 골프를 쳤다면 예약했던 증거가 있을 텐데, 그 문서를 제출할 수 있습니까?"

"당연히 있습니다. 제출하겠습니다!"

이노무가 한 치의 망설임 없이 대답했다.

그런데 서파이는 태어나서 단 한 번도 골프장에 가 본 적이 없었다. 갑작스러운 이노무의 황당한 주장에 서파이는 이겨따와 어이없는 눈빛을 주고받았다.

심지어 이 내용은 회사에서 작성한 그 어떤 문서에도 없는 주장으로, 이노무가 인스타그램에서 봤다는 서파이의 사진은 회사 옆 호수공원에서 찍은 셀카였다. 그는 어차피 조정에 응할 생각이 없었기에, 순간을 모면

하려는 마음에 즉흥적으로 '골프장'을 운운하며 대답한 것이었다.

회사 측 변호사 역시 처음 듣는 이야기였는지 당혹감을 숨기지 못한 채 급히 이노무의 팔을 붙잡고 그를 진정시키려 애썼다.

"죄송합니다. 아무튼 저희는 조정할 의사가 없습니다."

변호사가 재빨리 상황을 수습하려 했지만 이미 분위기는 엉망이었다.

그 순간, 이겨따가 참았던 분노를 터뜨리듯 격렬한 어조로 목소리를 높였다.

"그럴 생각이었다면 미리 문서를 제출해 조정에 응하지 않겠다는 의사를 밝혔어야지, 대체 왜 이 자리에 나오게 만들어, 조정위원님을 포함한 모두의 귀중한 시간을 낭비하는 겁니까?"

"원고 측 변호사님, 진정하세요."

조정위원이 이겨따를 진정시켰지만, 그의 눈빛에도 짜증이 담겨 있었다.

조정실은 잠시 적막에 휩싸였다. 회사 측은 이겨따의 기세에 눌려 아무 말도 하지 못했다.

이후 몇 차례 형식적인 질의응답만 오갔을 뿐, 의미 있는 논의는 이루어지지 않았다.

결국 조정은 불성립으로 종결되었고, 본격적인 소송 절차로 이어지게 되었다.

이제부터 진짜 싸움이 시작되는 셈이었다.

소송을 제기한 이후 서파이의 생활은 점점 더 불안정해졌다. 겨울이 끝나고 봄이 오자 눈썰매장 알바 자리도 눈 녹듯 함께 사라진 것이다. 소송에서 이기면 KIRA에 복직할 수 있었지만, 법원의 시계는 달팽이보다 느린 속도로 돌아가고 있었다.

이겨따는 심각한 표정으로 말했다.

"1심 판결만 해도 최소 1~2년이 걸리고, 3심까지 가면 5년을 훌쩍 넘기는 경우도 드물지 않습니다. 우리 법에는 '신속하게 재판받을 권리'가 명시돼 있지만, 법원이 정치적으로 영향을 미치려고 할 때만 마법처럼 재판이 신속해집니다. 6만 페이지에 달하는 기록도 순식간에 검토되고, 결론 역시 벼락처럼 내려지죠.

우스갯소리지만, 마치 아인슈타인의 '상대성 이론'처럼 재판 시간은 상대적인 것이라고 할 수 있는 셈이죠."

서파이는 창밖의 무등산을 바라보며 깊은 한숨을 쉬었다.

그러던 어느 날, 일자리를 찾지 못해 고민하던 서파이에게 이겨따로부터 전화가 걸려 왔다.

"서파이씨, 광주에 괜찮은 경비회사가 있는데, 한번 일해 보실래요? 집중력도 좋고 날렵한 서파이씨라면 적성에 딱 맞을 것 같아요."

서파이는 선택의 여지가 없었다.

이겨따가 추천한 회사는 이름부터 남다른 '걱정말랑께'라는 경비업체였다. 과거 이겨따가 소송을 맡으면서 인연을 맺은 이 회사의 대표는 '걱정말랑께'라는 이름처럼 낙천적인 성격으로 유명했다.

며칠 후 서파이는 '걱정말랑께'의 사무실에서 간단한 면접을 마친 뒤 2박 3일간의 일반경비 신임교육에 돌입했다. 교육 기간 동안 그는 사건사고 대응법부터 심폐소생술까지, '걱정말랑께'라는 회사 이름과 어울리지 않게 무척이나 진지하고 엄격한 교육을 받아야 했다.

우수한 성적으로 교육을 마치고 첫 근무를 앞둔 서파이는 잠시 하늘을 올려다봤다. 따뜻한 봄 햇살이 그의 얼굴을 가볍게 두드리고 있었다.

서파이는 씁쓸하면서도 어쩐지 웃음이 나오는 기분으로 조용히 중얼거렸다.

"그래, 걱정말랑께. 그래 봤자 내 인생이 더 복잡해질 일은 없겠지."

'걱정말랑께' 경비업체에서의 근무는 3교대로 운영되었다. 보통 주간에는 자신이 맡은 구역의 경보 장비들을 점검했고, 야간에는 순찰을 돌다가 경보음이 울리면 즉시 해당 위치로 출동하는 구조였다. 그가 지켜야 할 대상은 주로 크고 작은 상가 매장이었다.

경보음이 울리기만 하면 서파이는 무전을 확인하고 결의에 찬 목소리로 외쳤다.

"좋아, 빠르게 가!"

그리고 순찰차의 가속 페달을 밟아 현장으로 돌진했다. 누가 보면 액션영화의 한 장면쯤으로 착각할 법한 장면이었지만, 그에겐 이제 일상이었다.

북한에서 특수훈련을 받았던 서파이에게 경비 업무는 그리 어려운 일이 아니었다. 오히려 그에게 꽤나 여유롭고 느긋하게 느껴졌을 정도였다.

어느 한밤중, 침입 경보가 울렸다. 이번 장소는 충장로에서 가장 큰 금은방인 '포어스 딜라이트'였다. 즉시 출동한 서파이의 눈에 한 명의 도둑이 철문을 부수고 들어와 귀금속을 마구 긁어 담는 모습이 보였다. 서파이는 매장으로 돌진해, 눈 깜짝할 새에 범인의 손목을 꺾고 바닥에 눌렀다. 단 3분도 걸리지 않았다.

"어… 당신 뭐야? 경찰도 아니면서…"

범인은 바닥에 엎드린 채 흐느적거렸고, 서파이는 무표정한 얼굴로 범인을 제압한 채 경찰을 기다렸다. 현장에 도착한 경찰에게 범인을 넘기고 나서야, 그는 그제야 목덜미의 땀을 훔쳤다.

그렇게 서파이는 여러 차례 실제 도둑을 잡아냈다. '걱정말랑께'의 동료들은 그를 은근히 자랑스럽게 여기며 새로운 별명을 붙였다. 바로 '걱정읍당께'.

SECURITY

그는 단순한 경비원을 넘어서, 도시의 밤을 지키는 배트맨 같은 존재가 되어 가고 있었다.

5월, 봄이 무르익어 갈 무렵 서파이는 특별한 임무를 맡게 되었다. 광주 지역의 한 대학교에서 열리는 축제의 경비 업무였다.

보통 5월은 대학 축제의 계절로 알려져 있지만, 광주는 예외였다. 5·18이라는 가슴 아픈 역사가 있었기 때문이다. 그러나 세월은 흐르고, 축제를 요구하는 학생들의 목소리는 점점 커졌다. "언제까지 축제를 피해야 하나요?"라는 물음 끝에, 마침내 올해 처음으로 조선대에서 축제가 열리게 되었다.

그런데 5월에 축제를 진행하는 것에 대한 시민단체의 항의도 있었고, 예민한 분위기 탓에 학교 측은 만일의 사태에 대비해 '걱정말랑께'에 축제 경비를 요청했다.

그중에서도 서파이는 특별한 역할을 맡게 되었다. 바로 축제의 마지막을 장식할 최고의 인기 가수, '어이요'의 개인 경호였다.

축제가 시작되자 조선대 캠퍼스는 축제 분위기로 들썩였다. 평소 조용하던 교정에는 형형색색의 천막이 줄지어 늘어서 있었고, 캠퍼스 안은 학생들과 지역 주민들로 북적였다. 각 학과와 동아리가 마련한 체험 부스와 게임 이벤트가 천막마다 열리고 있었으며, 학과별로 학생들이 직접 요리한 음식과 술을 파는 주점은 발 디딜 틈 없이 붐볐다. 장미원에서는 화사한 장미 축제가 한창이었고, 민주공원 한편에선 끊이지 않는 소규모 공연이 이어지며 축제의 흥겨움을 더했다.

저녁이 되자 축제의 열기는 더욱 고조되었다. 대운동장 중앙 무대에는 동아리 공연과 댄스팀의 무대가 진행되었고, 그 후로 다른 무엇보다도 많은 학생들이 손꼽아 기다리는 인기 가수들의 공연이 이어졌다. 공연장은 환호와 함성으로 가득 차고, 학생들은 노래에 맞춰 뛰고 춤추며 스트레스를 날렸다.

공연의 마지막 무대는 역시 이 지역 출신이자 최고의 인기를 자랑하는 가수, '어이요'였다.

무대 조명이 잠시 꺼졌다가 다시 켜지는 순간, 관중들은 기다렸다는 듯 일제히 함성을 터뜨렸다.

"조선대 여러분, 안녕하셔라! 광주의 딸, 어이요 왔어라! 조선대의 열정, 오늘 밤 끝까지 보여 주실 거죠잉?"

어이요가 전라도 사투리가 섞인 정겨운 인사로 무대를 열자, 객석에서 "네에에에에!"라는 우렁찬 목소리가 터졌다. 관객들의 환한 얼굴엔 벌써부터 기대와 흥분이 가득했다.

그 모습을 흐뭇하게 바라보던 어이요는 다시 마이크를 잡고 외쳤다.

"아따, 이 열정 참말로 조선대답네잉! 자, 그러면 오늘 첫 곡 '관객이 될랑께' 함 가 볼라요!"

음악이 흐르기 시작하자, 공연장은 단숨에 열광의 도가니로 빠져들었다.

"오매, 오늘 이 무대를 위해 진짜 많이 준비했당께요. 이 순간만큼은 폰 내려놓고, 그냥 이 시간을 즐겨 주셨음 좋겠어라잉."

노래 중간중간 던지는 사투리 멘트에 관중은 배꼽을 잡았고, 환호성은 점점 커졌다. 어이요는 총 네 곡을 연이어 열창했고, 마지막 곡은 '참말로 좋은 날'이었다. 노래 제목처럼, 축제의 대미를 장식하기에 더할 나위 없는 노래였다.

무대 옆 어이요와 제일 가까운 위치에서 서파이는 미동 없이 경호에 집중했지만, 무대 위 어이요의 모습이 점차 다른 얼굴로 겹쳐졌다.

서파이의 머릿속에서는 노래하는 최애순의 모습이 떠올랐다.

"나는요~ 오빠가~ 좋당께~!

워매나 거~ 시~ 기~!!

참말로 좋은 날!"

완벽한 3단 고음으로 어이요의 노래가 끝나자 하늘엔 폭죽이 터졌고, 화려한 불꽃놀이가 밤하늘을 수놓았다.

공연이 끝나고, 무대 뒤 대기 공간에서 어이요가 물을 들이켜더니 서파이에게 다가와 수줍게 물었다.

"오빠, 이름이 머시여? 나보다 오빠제?"

"아… 네." 서파이가 수줍게 대답했다.

"여자친구는 있당가?"

서파이는 잠시 멈칫했다가, 정중히 말했다.
"없습니다."

"그럼 오빠, 번호 좀 불러 주랑께. 나중에 밥 한 번 묵자잉."

서파이는 잠시 당황하여 머뭇거리다 정중히 고개를 숙였다.
"죄송합니다. 지금은 업무 중이라 알려 드릴 수가 없습니다."

어이요는 눈을 가늘게 뜨며 말했다.
"어째 쪼까 망설이는 것이 썸녀가 있구먼. 저렇게 생겼는디 없을 리가 없제."

어이요는 뭔가 어이없다는 표정으로 웃었고, 서파이는 다시 무표정한 경비원으로 돌아갔다.
하지만 그의 눈빛 속엔, 누군가의 이름이 반짝이고 있었다.

해고 무효 확인 소송을 제기한 지 1년 9개월. 어느새 늦가을이 되었다. 낙엽은 저마다의 사연을 품고 인도 위에 나뒹굴었고, 서파이의 삶은 정지된 필름처럼 고요했다.

그동안 원고와 피고 측 변호인들은 몇 차례 서면을 주고받았다.

그리고 마침내, 1심 판결이 내려졌다.

"원고의 청구를 기각한다."

서파이는 패소했다.

짧은 단 한 문장. 그것 하나면 충분했다. 그동안의 고통과 기대, 분노와 희망을 한 줄로 지워 버리기에.

서파이는 판결문을 읽어 봤다. 패소한 특별한 이유는 없었다. 판결문은 "절차상 하자가 인정되나, 해고를 무효화할 정도로 중대하지 않다."는 내용을 담고 있을 뿐이었다.

더 어이없는 건 판결문에 기재된 사실관계조차 틀렸다는 점이었다. 과연 판사가 서파이의 자료를 제대로 읽기나 했는지 의심이 들었다.

억울함보다는 무력감이 더 깊이 뿌리내렸다. 어쩌면 애초부터 개인이 큰 조직을 이긴다는 건 불가능한 일이었는지도 모른다.

“안타깝네요. 하지만, 아직 기회는 남았습니다. 항소합시다.”

이겨따는 침착했다. 가슴속은 붉게 물든 단풍처럼 뜨겁게 타들어 갔지만, 머릿속은 차가운 전략으로 다듬어졌다. 그의 눈빛은 유리창 너머의 무등산처럼 차갑고 단단했다.

“이번에는 우리가 추가로 확보할 수 있는 자료를 찾아, 치밀하게 준비해서 더 강하게 주장하겠습니다.”

두 번째 재판인 항소심.

3심제의 마지막 절차인 대법원은 사실관계를 판단하지 않기 때문에, 실질적으로 항소심이 마지막 기회였다.

이겨따는 항소심에서 법원에 문서제출명령을 신청했다. 지난 5년간 KIRA 내부의 징계 사례를 확보해, 서파이와 다른 직원들 간 징계의 형평성을 따져 보기 위함이었다. 그는 징계 기준의 변동 내역 또한 함께 요청했다. 실제 사건 이후 변경된 기준을 소급 적용해 파면 결정을 내린 점이 부당하다는 주장을 뒷받침하려는 전략이었다.

그러나 회사는 이 요청을 조직적으로 회피했다. 자신들에게 불리한 자료임을 직감한 듯, 온갖 핑계를 들어 자료 제출을 거부했고, 결과적으로 서파이에 대한 징계 사례 1건만을 법원에 제출하는 데 그쳤다. 징계 기준의 변동 내역 역시 5년 전 인사규정 개정 내역 하나만 덜렁 내놓았다.

하지만 공공기관은 '알리오'라는 사이트를 통해 경영 관련 정보를 투명하게 공개해야 한다. KIRA도 예외는 아니었고, 공시 담당자는 다름 아닌 이노무였다. 징계 내역 역시 알리오에 공개되어 있었지만, 구체적인 사유가 누락돼 있어 정확한 비교에는 한계가 있었다.

이 때문에 이겨따는 문서제출명령을 통해 보다 상세한 징계 자료를 요청한 것이었지만, 이노무는 서파이와 이겨따가 알리오 공시 사실을 모를 것이라 생각했다. 그러나 서파이가 그런 정보를 모를 리 없었다. 서파이는 이 사실을 이겨따에게 알렸고, 이겨따는 알리오에 게시된 통계를 근거로 KIRA의 불성실한 자료 제출을 법정에서 강하게 질타했다. 재판부 역시 이를 문제 삼아 회사 측에 엄중한 지적을 했고, 결국 KIRA는 마지못해 과거 징계 사례들의 구체적인 사유를 제출할 수밖에 없었다.

KIRA의 최근 5년간 징계 처분 결과			
순번	징계종류	징계사유	고발여부
1	견책	성실의무 위반	미고발
2	감봉	품위유지 의무 위반	미고발
3	감봉	품위유지 의무 위반	미고발
4	견책	복무의무 및 직책완수의무 위배	미고발
5	감봉	성실의무 위반	미고발
6	감봉	성실의무 위반	미고발
7	견책	성실의무 위반	미고발
8	견책	성실의무 위반	미고발
9	견책	성실의무 위반	미고발
10	견책	성실의무 위반	미고발
11	정직	직장이탈금지 및 직책완수 의무 위반	미고발
12	정직	직장이탈금지 및 직책완수 의무 위반	미고발
13	정직	직장이탈금지 및 직책완수 의무 위반	미고발

14	견책	성실의무 위반	미고발
15	감봉	품위유지의무 위반	미고발
16	정직	성실의무 위반, 직장이탈금지 의무 위반, 비밀엄수의무 위반, 청렴의무 위반	고발
17	감봉	성실의무 위반, 공정의무 위반, 청렴의무 위반	미고발
18	견책	채용전형관리규칙 위반	미고발
19	견책	직책완수 의무, 품위유지의무 위반	미고발
20	파면	성실의무, 품위유지의무 위반	고발
21	파면	직장이탈금지, 품위유지의무 위반	미고발
22	정직	직책완수 의무, 품위유지의무 위반	미고발
23	견책	음주운전	미고발
24	견책	음주운전	미고발
25	정직	음주운전	미고발
26	견책	음주운전	미고발
27	감봉	직책완수 의무, 품위유지의무, 복무의무 위반	미고발
28	견책	직책완수 의무, 품위유지의무, 복무의무 위반	미고발
29	견책	직책완수 의무, 품위유지의무, 복무의무 위반	미고발
30	견책	직책완수 의무, 품위유지의무, 복무의무 위반	미고발
31	견책	직책완수 의무, 품위유지의무, 복무의무 위반	미고발
32	견책	직책완수 의무, 품위유지의무, 복무의무 위반	미고발
33	견책	겸직제한, 직책완수 의무, 품위유지의무 위반	미고발
34	견책	겸직제한, 직책완수 의무, 품위유지의무 위반	미고발
35	감봉	겸직제한, 직책완수 의무, 품위유지의무 위반	미고발
36	견책	겸직제한, 직책완수 의무, 품위유지의무 위반	미고발
37	감봉	겸직제한, 직책완수 의무, 품위유지의무 위반	미고발
38	견책	겸직제한, 직책완수 의무, 품위유지의무 위반	미고발
39	감봉	직책완수 의무, 겸직제한, 품위유지의무, 복무의무 위반	미고발
40	견책	성실의무, 품위유지의무 위반	미고발
41	견책	겸업금지, 직책완수, 지시이행의무 위반	미고발

결과는 예상대로였다. 최근 5년간, 서파이를 제외하고 파면된 사례는 단 한 건뿐이었다. 그 파면 건은 법인카드로 수천만 원을 유흥주점에서 사용하여 국정감사에서 국회의원들의 집중 질타를 받고, 언론에까지 보도된 끝에 마지못해 파면 조치가 내려졌던 경우였다.

반면 고발까지 이루어진 사건임에도 '정직' 처분에 그친 사례도 있었다. 해당 직원은 수십 차례 무단 결근은 물론, 내부 정보를 외부 업체에 유출하고 금품과 향응까지 수수했음에도 불구하고 파면되지 않았다. 사유만 놓고 본다면, 오히려 파면이 내려지지 않은 것이 이상할 정도였다.

KIRA는 음주운전에도 관대한 태도를 보였다. 일반 음주운전의 경우 대부분 '견책'이라는 경고에 그쳤고, 상습 음주운전조차도 최대 '정직' 수준에 머물렀다.

이겨따는 이 자료들을 바탕으로 서파이에 대한 징계가 명백히 형평성을 잃은 조치였음을 부각시켰다. 나아가 공공기관과 동일한 기준인 공무원 징계사례집에서 유사한 사례들을 추려내 재판부에 제출하며 징계 양정의 부당함을 강하게 주장했다.

공무원의 징계 사례 중에는 판사가 근무 시간 중 성매매 혐의로 적발되었으나 정직 3개월의 처분만 받은 케이스도 있었다. 다만 이 사례는 재판부의 심기를 자극할 수 있다는 판단 아래, 전략적으로 제출 목록에서 제외되었다.

이겨따는 또한 회사가 사건 이후 징계 규정을 변경하고 이를 소급 적용한 점, 그리고 새벽 3시에 징계위원회를 열어 서파이의 소명 기회를 박탈

한 정황도 조목조목 지적하며 항소심에서 마지막 반격을 이어 갔다.

“이번에는… 반드시 뒤집겠습니다.”
이겨따의 단호한 목소리에 서파이는 고개를 끄덕였다.

‘지금은 겨울이지만… 어쩌면 봄이 올지도 모르겠다.’
서파이는 다시 한번 희망이라는 감정을 가져 보았다.

크리스마스를 며칠 앞둔 밤, 최애순의 인스타그램에 DM 하나가 도착했다.
“애순, 뭐 해? 혹시 이번 주말에 시간 되면… 콘서트 보러 갈래?”

익숙한 아이디, 익숙한 말투. 최애순은 반가운 마음에 서둘러 답장을 보냈다.
“별일은 없는데, 누구 콘서트인데요잉?”

“어이요라고… 알아?”

“아이고 참, 오빠. 어이요 모르면 간첩이지요잉.”
그 말을 본 서파이는 잠시 멍하니 스마트폰 화면을 바라봤다.
‘내가 간첩인 게 티 났나?’ 괜히 머쓱해졌다.

최애순의 답장이 다시 도착했다.

"근데 그 티켓 구하기 굉장히 힘든 건디, 어찌 구하셨소잉?"

"아… 전에 내가 어이요씨를 경호했었는데, 고맙다고 광주 콘서트 티켓을 두 장 보내 주셨어."

"오매, 오빠. 그거 완전 대박이네요! 갑시다잉. 나 어이요 노래 진짜 좋아허요!"

최애순은 메시지를 보내고 난 뒤에도 한참을 핸드폰을 들고 있었다.

어이요, 그리고 서파이.

이 조합이 무슨 운명처럼 느껴졌다.

콘서트 당일. 광주여자대학교 유니버시아드 체조경기장은 사람들로 들썩이고 있었다. 입구부터 줄이 길게 늘어섰고, '어이요 전국투어' 팻말 아래는 팬들의 인증샷 열기로 가득했다.

두 사람은 콘서트장 입구 옆쪽에서 어이요의 공식 응원봉 '어이크'를 구매했다. 최애순은 응원봉이 콘서트 관람에 반드시 필요한 것은 아니지만, 공연의 분위기를 만끽하려면 필요하다고 했고, 초대해 줘서 고맙다는 의미로 서파이의 것까지 2개를 구매했다.

입구에서 티켓을 제시하자, 안내 스태프가 두 사람의 자리까지 직접 안내해 줬다. 그들의 자리는 무대 바로 앞 'A1, A2석'이었다. 걸어가는 동안 뒤편 다른 관중들의 부러운 시선이 느껴졌다.

"와, 진짜 젤 앞자리예요잉… 오빠, 이거 실화여요?"

"응. 그러네."

"이 정도 티켓을 보내 줬다니. 오빠는 진짜… 어디를 가도 사람들이 챙겨 주는 사람이네요잉."

"그럼 너도 나 좀 챙겨 주라."

"허허, 이 양반 참말로… 농담도 늘었소."

공연 시간이 되자 조명이 서서히 어두워졌다.

관객석은 순식간에 어이크 불빛으로 물들었고, 조명이 반짝이며 어이요가 무대 위로 등장하자, 관객들의 함성이 체육관 천장을 뚫을 듯 쏟아졌다.

"광주! 내 고향 사람들이여. 오늘 뽕 뽑고 가자잉."

어이요가 첫 곡을 부르자 공연장의 분위기는 끓어오르기 시작했고, 노래가 거듭될수록 분위기는 점점 더 무르익었다.

공연 중반, 그녀는 노래 한 곡을 마치고 객석 가까이로 걸어 나왔다.

"자, 오늘 보믄 커플로 온 분들 참말로 많네요잉.

그중에서도… 저 앞줄에 있는 저기! 응, 니네."

어이요는 서파이와 최애순을 정확히 바라보며 말을 했고, 대형 스크린엔 두 사람의 얼굴이 그대로 클로즈업됐다. 관객들의 시선이 일제히 몰리자, 둘은 동시에 아니라며 손을 저었다.

어이요는 손을 이마 위에 얹고 오버스럽게 말했다.

"워매, 커플이 아니라고라?

여기가 콜드플레이 콘서트가 아니니 불륜은 아닐 것이고…

둘이 눈에서 하트가 뿅뿅 나오고 있는디요.

그럼 썸이겄네요잉?

이참에 오늘부터 커플 하면 되겄네요잉."

그리고는 관중을 향해 소리쳤다.

"여러분, 이 두 분 잘 되시라고 박수 한번 씨게 부탁드립니다요잉!"

관객들은 환호하며 두 사람을 향해 박수를 보냈고, 스크린엔 '오늘부터 1일'이라는 자막까지 떴다. 서파이와 최애순은 당황하여 얼굴이 붉게 달아올랐다.

어이요가 마이크를 다시 들었다.
"이 노래는 손 꽉 잡고 들어야 제맛이여라.
같이 온 사람과 손잡아 주세요잉.
손 안 잡은 사람은… 평생 후회한다잉?"

웃음과 환호가 터져 나오는 그 순간, 서파이가 쑥스러운 듯 손을 들어 올리려다 말았다. 그때, 최애순이 먼저 조용히 그의 손을 잡았다.

서파이는 놀라 고개를 돌려 그녀를 바라봤다. 하지만 최애순은 그의 시선을 애써 모른 척한 채, 무대 위 어이요만 응시하고 있었다.
손만은 놓지 않고.

조명이 부드럽게 바뀌고, 어이요는 자신의 인기곡인 '마음을 드려요잉'을 부르기 시작했다.

"부디 복 받은 날도
살다 맥 빠진 날도
모두 그대의 곁에 나가
있어 블 수 있길~"

최애순은 그저 그 노랫말처럼, 지금 이 순간 곁에 있어 준 사람의 온기를 손끝으로 기억하고 있었다.

공연이 끝난 뒤, 경기장 밖. 겨울바람이 볼을 스쳤지만, 두 사람의 마음은 따뜻했다.

"나… 진짜 꿈 꾼 거 같아요. 오빠, 고맙소잉."

"다행이네. 나 너한테 줄 선물이 있어."

서파이는 주머니에서 작은 상자 하나를 꺼냈다.
반지 케이스만 한 크기. 리본까지 곱게 묶여 있었다.

순간, 최애순의 눈이 커졌다.
'이거 설마…?'

서파이는 그녀에게 상자를 건네줬고, 최애순은 조심스레 상자를 열어봤다.
하지만 상자를 열어 보니, 반짝이는 건 머리핀이었다.

"이거이 뭐시당가?"
최애순은 살짝 실망한 감정을 숨기며 물었다.

"며칠 전에 금남로에 있는 대형 액세서리 매장 '써니즈'에서 절도범을 하나 잡았는데, 매장 사장님이 고맙다고 주셨거든. 여자친구 주라고 하셨는데…. 여자친구는 없으니 너를 주는 거야."

"아따… 오빠는 진짜… 고맙네요잉."

말끝을 흐린 그녀는 핀을 손에 올려놓고 한참을 바라보다가, 피식 웃었다.

'이 사람… 상황만 좀 나아지면, 나가 먼저 나서야 쓰겄다잉.'

어느새, 그녀의 마음 한구석에선 따뜻한 무언가가 살며시 자리 잡고 있었다.

그리고 그녀는 머리핀 상자를 조심스레 가방에 넣으며 말했다.

"오빠, 이거… 진짜 잘 쓸게요잉."

시간이 흘러, 2월이 되었다. 아직 겨울의 끝자락이 남아 있던 날이었다.

이겨따에게서 상기된 목소리로 전화가 걸려 왔다.

"드디어, 항소심 판결 나왔습니다. 저희가 이겼습니다. 그동안 고생 많으셨습니다."

『피고의 원고에 대한 2015년 12월 1일자 해고는 무효임을 확인한다.』

그 한 문장을 받아내기까지, 소송을 제기한 지 정확히 3년의 시간이 흘렀다.

법원은 KIRA의 해고가 절차적으로도, 내용적으로도 부당했음을 인정했고, 결국 서파이의 해고는 판결에 의해 무효가 되었다. 판결문에는 부당해고 기간 동안 지급되지 않은 임금과 그에 대한 이자까지 지급하라는 내용이 포함되어 있었다.

3년 가까이 쌓인 미지급 임금에 법정이자까지 더해지니, 그 금액은 억대를 훌쩍 넘어섰다. KIRA는 눈덩이처럼 불어나는 금액이 부담스러워 결국 상고를 포기했고, 항소심 판결은 그대로 확정되었다.

어느새 판결 후 몇 주가 지났다.

회사로부터는 아직 아무 소식이 없었다. 법정 이자는 나날이 쌓여 갔지만, KIRA는 복직 절차를 차일피일 미뤘다. 전 원장 시절의 일이었고, 아무도 그 일에 얽히고 싶어 하지 않았기 때문이었다.

그러자 이겨따 변호사가 나섰다.

"당장 복직시키지 않으면 원장실 냉난방기부터 압류하겠습니다."

그 말 한마디에 회사는 즉시 반응했다. 서파이 앞으로 1주일 뒤 복직하라는 문서가 전달되었고, 동시에 미지급 임금과 이자도 모두 정산되어 전액 지급되었다.

그동안 쌓여 있던 억울함과 시간의 무게를 보상받는 듯한 순간이었다.

소송 비용 역시 회사가 전액 부담했다. 소가에 따라 산정된 변호사 비용도 이겨따에게 지급되었다. 서파이는 이겨따에게 미처 다 전하지 못한 감사와 미안함이 조금은 덜어지는 기분이었다.

서파이의 승소 소식은 곧바로 뉴스에 대대적으로 보도되었다.

그동안 그가 억울하게 해고당했을 땐 아무런 관심도 주지 않던 언론들이, 마치 기다렸다는 듯 앞다투어 자극적인 기사들을 쏟아냈다.

『노조 설립했다는 이유로 파면… 공공기관의 민낯』

『노조 만들자 해고, 세금으로 억대 보상금 물게 된 공공기관』

『노동권 짓밟은 공공기관, 결국 법원에서 참패』

『노조위원장 해고하려 규정까지 바꿨다… 법원 '무효' 』

『KIRA의 부당해고, 국민 세금으로 뒷감당해야…』

언론은 갑자기 '정의의 사도'가 되었고, 그 열기는 댓글창으로까지 번졌다.

『듣보 공공기관 왜 이렇게 많냐… 내 세금 줄줄 샌다』

『법 지키라고 있는 데가 법 어기고 앉았네ㅋ 막장드라마도 이렇게 쓰면 작가 짤림』

『그딴 기관 첨 들어봄ㅋㅋ 존1나 쓸모없을 듯』

『법 안지키는 K-공공기관 클라스… K-드라마 실사판이네』

『이건 기관장 개인 사비로 물어내게 해야 정상임』

『저기 지금 다음엔 어떻게 안 들키고 자를까 연구 중…』

『KIRA가 뭔데 시X, 거기 야구동영상 막는 데 아니냐? 진짜 국민 피 빨아먹는 기생충이네』

『허경영 100전 100승ㅋㅋ 국가에 돈이 없는 게 아니라 도둑놈이 많은 거다』

기쁨과 씁쓸함이 동시에 밀려왔다.

겨울은 아직 끝나지 않았지만, 눈은 녹고 있었다.

서파이는 조용히 창밖을 바라보았다.

봄이, 오고 있었다.

13화
직승기

* 직승기: '헬리콥터'의 북한말

나주혁신도시 센트럴팰리스 오피스텔 1408호.

서파이는 평소보다 일찍 눈을 떴다. 침대에서 천장을 잠시 바라보다, 이불을 걷고 일어났다.

오랜만에 다림질한 셔츠, 낯설게만 느껴지는 넥타이 매무새. 거울 앞에서 있는 자신이 어딘가 낯설었다.

오늘은 바로 3년 만에 KIRA에 복직하는 날. 고도의 특수 훈련도 받은 그였지만, KIRA에 처음 출근했던 날보다 더 떨리는 건 어쩔 수 없었다.

오피스텔 건물 밖으로 나서자, 3월의 따뜻한 공기가 그를 맞았다. 대로변의 가로수마다 꽃망울이 맺혀 있었고, 바람이 스칠 때마다 꽃잎이 허공을 부유했다. 인공적인 건물 틈으로 봄이 잠시 스며든 듯했다. 시간은 흘렀고, 계절은 돌았고, 그는 다시 제자리로 돌아오고 있었다.

그가 KIRA 정문에 도착하자, 익숙한 얼굴들이 먼저 눈에 들어왔다. 박정의, 최애순, 그리고 몇몇 동기들이 그를 향해 손을 흔들고 있었다.

"야! 서파이! 여기야, 여기."

박정의가 환하게 웃으며 그를 불렀다.

동기들 앞에는 작은 현수막이 들려 있었다.

"서파이 선임님의 복직을 환영합니다!"

"와, 이거 뭐야? 다들 언제 준비했냐?"

서파이가 어이없다는 듯 웃으며 동기들과 반가운 인사를 나눴다.

그리고 그는 현수막을 바라보다가 고개를 갸웃했다.

"근데… 나 선임이야?"

"응. 이제 너도 4년 차잖아. 해고가 무효 처리되면서 그 기간이 전부 재직기간으로 인정됐어. 그래서 주임에서 선임으로 진급한 거지."

"기분 이상하네. 3년 만에 돌아왔는데, 직급은 올라 있고…"

"좋은 거지. 일 안 하고 진급하고!"

그때 최애순이 조심스레 다가와 꽃다발을 건넸다.

"오빠… 복직 축하해요. 참말로, 고생 많으셨소."

"고마워."

복직을 환영합니다

"근디… 이제 우리 다 선임이어라? 와, 다들 짬이 벌써 차부렀네요잉."

"그러게. 우리 벌써 다 선임이네."
박정의가 씁쓸하게 웃으며 말했다.

진급이 꼭 좋은 일만은 아니었다. 책임도, 눈치도, 기대도 그만큼 따라오는 것이니까.

서파이는 동기들과 인사를 나눈 뒤 데스크로 향했다. 그곳에서 새로 발급된 사원증을 건네받았다. 새로 제작된 사원증이었지만 사진도, 사원번호도 3년 전 그대로였다.

잠시 로비를 둘러봤다. 그동안 바뀌었을 것이라 생각했던 공간은, 생각보다 그대로였다. 그게 조금 반갑고, 또 조금은 서글펐다.

출입구 게이트에 사원증을 태그하고, 엘리베이터에 올랐다. 버튼을 누르며 잠시 멈칫하다가, 천천히 7층을 눌렀다.

그가 처음 배정받았던 디지털팀.
모든 것이 그대로 다시 시작되고 있었다.

서파이는 7층 복도에 발을 내디뎠다. 3년 만에 다시 밟는 길이었지만, 마치 어제 퇴근하고 오늘 다시 출근하는 듯 모든 것이 낯설지 않았다.

회색 카펫타일 바닥, 천장에 매달린 '디지털팀' 안내판, 그리고 특유의 조용한 공기. 모든 게 그대로였다.

"어? 서파이 선임 왔다!"
누군가 조용히 말하자, 주변에서 하나둘 고개를 들었다.

"오, 진짜네."
"와… 선임님! 복직하신 거예요?"
"다시 보니까 더 반가운데요!"

자리에서 일어나 인사를 건네는 팀원들의 얼굴에선 놀라움과 반가움이 뒤섞여 있었다. 서파이는 살짝 고개를 숙이며 웃었다. 복직의 실감은 아직 덜했지만, 그들의 눈빛이 서서히 그를 현실로 이끌었다.

그는 천천히 복도 끝, 제일 구석진 자리를 향해 걸어갔다.
그의 책상. 모니터의 위치도, 키보드의 긁힌 자국도, 파티션 한쪽에 붙어 있던 노란 포스트잇조차 그대로였다.

누군가 청소는 해 둔 듯했지만, 그동안 아무도 이 자리를 쓰지 않았다는 것이 느껴졌다.
그때, 뒤쪽에서 익숙한 목소리가 들렸다.
"선임님, 복직을 진심으로 환영해요."

고개를 돌리자, 사아순이 의자를 돌려 서파이를 바라보고 있었다.

예전처럼 조용하고 단정한 얼굴이었지만, 그녀 자리의 명패에는 이제 '책임'이라는 직급이 적혀 있었다.

"아, 선임님, 아니 책임님. 오랜만입니다."

서파이가 반갑게 웃으며 인사하자, 사아순은 조용히 미소 지으며 작은 상자 하나를 건넸다.

"이거, 드리고 싶었어요. 만년필이에요. 작년에 사 뒀는데, 이제야 드리게 되네요."

서파이는 상자를 조심스럽게 열었다. 군더더기 없이 깔끔한 검정색 만년필. 딱 그녀다운 선택이었다.

"감사합니다. 이런 것까지 준비해 주시고…"

"팀에 꼭 돌아올 거라고 믿었거든요. 다들… 많이 기다렸어요."

잠시 말을 멈춘 사아순은 서파이를 바라보며 고개를 살짝 끄덕였고, 곧 회의에 참석하러 조용히 자리를 떴다.

사무실은 아무 일도 없었던 듯 평소처럼 돌아가고 있었다. 프린터는 익숙한 소음을 내며 작동했고, 커피 머신은 커피를 뽑아냈고, 누군가는 자리에서 하품을 하고 있었다.

서파이는 말없이 의자에 앉았다. 그리고 천천히 만년필 뚜껑을 열었다. 묵직한 잉크 냄새가 은은하게 퍼졌다.

멈춰 있던 시간이, 다시 흐르기 시작하고 있었다.

서파이는 천천히 의자에 몸을 기대고 앉아, 컴퓨터의 전원 버튼을 눌렀다. 컴퓨터가 부팅되는 동안, 그는 단 한 순간도 잊은 적 없는 임무를 떠올렸다.

바로 '남한 행정망의 관련 정보를 확보하는 것.'

이제 남은 일은 그리 복잡하지 않았다. 몇 달 뒤 있을 인사이동에서 정보개발본부에 지원하기만 하면 된다. 그 부서는 남한 행정망 관련 정보가 저장되어 있는 곳. 그곳에 발만 들이면, 필요한 자료를 확보하는 건 시간문제였다.

그리고 자료를 손에 넣은 후엔, 엘리베이터를 타고 북으로 돌아가는 일만 남는다. 지금 엘리베이터는 멈춰 서 있지만, 노동팔을 어떻게든 설득할 수 있다면, 기계는 다시 작동할 수 있을 것이다.

임무 완수는 이제 정말 손이 닿을 만한 곳까지 다가와 있었다.

그 순간, 문득 병원에 계실 이모가 떠올랐다. 서파이를 위해 자신의 삶을 온전히 바쳤던, 그의 유일한 가족.

그리고, 이제는 마음속에서 점점 더 큰 자리를 차지하고 있는, 놓치고 싶지 않은 사람, 최애순도.

언젠가는 떠나야 한다는 것을 알고 있었다. 처음부터 그럴 작정이었고, 그래서 내려왔던 길이었다. 하지만 지금은… 이상하게 마음이 복잡했다.

서파이는 모니터를 가만히 바라봤다.

이중의 삶, 이중의 감정.

그는 그 모두를 껴안은 채 다시 평범한 하루 속으로 들어가고 있었다.

오후 한가운데, 디지털팀 사무실 문 앞으로 커다란 택배가 도착했다. 검은색 매직으로 큼지막하게 적힌 수취인 이름.

'KIRA 서파이 주임'

"선임님~ 택배 왔어요. 근데 택배는 아직 주임이네요."

한 직원이 힘겹게 박스를 밀어 주자, 서파이는 벌떡 일어나 박스를 받았다.

"아, 아직 주임인 줄 알고 복직하는 날 맞춰서 미리 주문했어요."

박스를 조심스럽게 열자, 그 안에는 가지런히 포장된 창억떡의 답례떡

세트가 빼곡히 들어 있었다. 광주에서 일할 때 그곳의 호박인절미가 유명하다며 동료가 한 번 사 줬던 적이 있었는데, 한 입 먹자마자 깜짝 놀랄 만큼 맛있었던 기억이 남아 있었다.

그는 그때의 기억을 떠올리며, 이번 복직을 기념해 가까운 직원들에게 이 떡을 선물하기로 마음먹었다.

서파이는 마치 결혼 후 인사를 다니는 사람처럼, 종이가방에 답례떡 상자를 십여 개씩 넣어 건물 이곳저곳을 돌기 시작했다. 가장 먼저는 디지털팀 팀원들부터. 그리고 건물 곳곳에 흩어져 있는 동기들과 KIRA올바른노동조합 조합원들에게 하나씩 정성껏 건넸다.

"감사합니다. 응원해 주신 덕분에 복직할 수 있었습니다."

인사도 빠뜨리지 않았다.

동기들과 조합원들은 "복직 축하한다"며 웃으며 떡을 받았다. 어떤 이들은 "잘 먹을게"라며 덤덤하게 인사했고, 몇몇은 그의 손을 꼭 잡고 눈시울을 붉히며 말했다.

"그동안 연락하고 싶었는데… 혹시 괜히 신경 쓰일까 봐 참았어."

돌아오는 따뜻한 인사와 눈빛, 손길 하나하나에 서파이는 뜻밖의 울컥함을 느꼈다.

모든 사람에게 답례떡을 나눠 준 뒤, 서파이는 마지막 떡을 작은 종이가방에 조심스럽게 담았다. 그리고 그 안에 손편지와 또 다른 작은 선물을 넣었다.

그는 그 종이가방을 들고 계단을 통해 8층으로 올라갔다. 그리고 곧장 홍보팀 최애순의 자리로 향했다. 자리에서 엑셀을 들여다보고 있던 그녀의 책상 위에, 서파이는 말없이 상자를 내려놓았다.

“이거, 내 복직 선물이야.”

“어, 오빠… 이게 뭔디요?”

“그냥 답례떡이야. 광주에서 일하면서 먹어 봤는데 엄청 맛있더라고, 오늘 복직 기념으로 주변 분들한테 다 돌렸어.”

“오빠, 진짜 고맙소잉.”
최애순은 답례떡을 꺼내다 눈썹을 찡그렸다.
“근디 이거, 안에 뭐가 더 들었는디요?”

“그건… 집에 가서 확인해 봐.”

그 말만 남긴 서파이는 슬며시 돌아섰다.
최애순은 한참 동안 종이가방 안을 바라보다가, 조심스레 품에 안았다.

며칠 뒤 아침. KIRA 구내식당은 여느 때처럼 밋밋한 분위기였다. 벽에 걸린 TV에서는 아침 뉴스 앵커의 목소리가 낮게 흘러나오고 있었다.

식판 위에 밥, 계란국, 김치, 땅콩조림, 두부무침을 담은 서파이는 구석 안쪽 테이블로 발걸음을 옮겼다. 이미 그곳엔 박정의와 최애순이 자리를 잡고 앉아 있었다.

"오빠, 여기요잉~"

최애순이 반갑게 손을 흔들었고, 박정의는 고개를 끄덕여 눈으로 인사했다.

"근데…"

밥을 몇 숟갈 넘긴 박정의가 조심스레 말을 꺼냈다.

"지난주 국회에서 네 얘기 나왔다더라."

서파이는 젓가락을 멈추고 고개를 들었다.

"내 얘기?"

"응. 어떤 야당 국회의원이 공공기관에서 부당해고를 해서 예산이 낭비되었다면서 질책했대."

서파이는 밥을 먹으며 이야기를 들었다.

"근데 뭐… 그게 지난 원장 때 일이잖아. 그러니까 회사에서는 국회에서 말이 나왔는데도 아무것도 하지 않는 분위기야."

박정의는 계란국을 한 숟갈 떠먹고는 허탈한 듯 웃었다.

"단지 해고를 주도한 이노무 선임만 겨우 견책 처분을 받았대. 견책은 그냥 경고잖아. 가장 낮은 수준의 징계로, 아무 영향도 없는…"

"오매, 어처구니가 없구만요."

최애순이 분노를 표현했다.

박정의가 잠깐 뜸을 들이고 말을 이어 갔다.

"그리고 무리하게 감사했던 감사혜 책임은 원래 감사를 반대했었는데, 정규직 시켜 준다는 전 원장의 꾀임에 감사를 했던 거였대. 그런데 전 원장은 약속을 지키지 않고 떠나 버렸고, 결국 계약 종료로 회사를 떠났지, 뭐."

"그분도 속아서 팽 당해 부렀구만요잉."

최애순의 말에 서파이는 말없이 고개를 끄덕였다.

그때 박정의가 시계를 슬쩍 보고 마지막 밥 한 숟가락을 입에 넣고 자리에서 일어섰다.

"야, 나 먼저 간다. 오늘 아침 회의 준비 내가 떠맡아서, 지금 가서 자료

정리해야 돼."

서둘러 식판을 들고 일어서는 박정의를 뒤로하고, 테이블에는 서파이, 최애순 둘만이 남았다.

최애순이 고개를 들어 입을 열었다.

"오빠, 박곤대 본부장 얘기 들으셨소?"

"아니? 무슨 일 있어?"

최애순이 눈을 껌뻑이다가 고개를 끄덕였다.

"아따, 그 양반 결국 사고 치고 보직해임 당했당께요."

"헉, 진짜?"

"예. 이번 신입 연수 때 또 쓰레기통 사발식을 했당께요. 그중 한 명이 거기서 토해 불고, 열받아서 블라인드에다가 사발식 사진이랑 회사 욕을 올려 버렸대요. 그래서 인터넷에서 난리가 났어요."

서파이는 젓가락을 내려놓고 놀란 듯 웃음을 터뜨렸다.

"그걸 아직도 해? 그걸?"

"그뿐이면 다행이제. 자기 딸 낙안읍성에서 전통혼례 한다고, 남자 직원들 억지로 불러다가 가마를 들게 시켰당께요. 근디 신부 입장 중에 가마 들던 직원 하나가 넘어지면서 가마에 깔려 다리가 부러져 부렀대요. 하필 그 직원 부모가 행안부 고위 공무원 출신이었는데, 머리 끝까지 화가 나서 회사도 아니고 부처에다 민원을 넣어 부렀다네요."

서파이는 입을 다물고 계란국만 바라보다가 고개를 끄덕였다.
"결국 그렇게 됐구나…"

"부처에 민원을 넣으니까 회사에서도 더는 숨길 수 없어 본부장에서 바로 보직해임 됐고, 지금은 인사팀 구석에 조용히 앉아 있대요.
근데 저런 사람도 안 짤리는데 오빠는 뭐시당가?"

"어휴… 그러게 말이다."

곧바로 최애순이 숟가락을 내려놓고 말을 꺼냈다.
"오빠, 저녁에 시간 되시능가?"

"왜?"

"복직도 하셨고, 선물도 챙겨 주시고 해서, 저녁 한 끼는 내가 사 드리고 싶어서요잉."

서파이는 잠시 그녀를 바라보다가 고개를 끄덕였다.

"그래. 좋아. 저녁 때 보자."

"그럼 퇴근할 때 연락드릴게요잉. 나도 회의가 있어서 먼저 일어나 볼게요잉."

최애순은 식판을 정리하며 기분 좋게 일어났다. 그 순간, 서파이의 시선이 그녀의 목에 잠시 멈췄다. 은은한 빛을 머금은 작은 목걸이 하나가 가볍게 흔들리고 있었다.

서파이는 말없이, 조용히 웃었다.

구내식당 벽에 걸린 TV에서는 계속해서 뉴스가 흘러나오고 있었다.

"다음 소식입니다. 공공기관 노조위원장 노모 씨가 20대 초반 인턴 여직원을 성폭행한 혐의와 조합비 횡령 혐의로 구속됐습니다. 그는 과거에도 다수의 여성 직원을 상습적으로 성희롱한 정황이 드러났으며, 노조 사무실에선 고급 양주 수십 병과 다량의 현금이 발견된 것으로 전해졌습니다."

젓가락질을 멈춘 몇몇 직원들이 슬쩍 고개를 들어 화면을 바라봤다.

뉴스 앵커의 목소리는 놀랄 만큼 또렷하고 담담했다.

화면 속 인물의 얼굴은 모자이크 처리되어 있었지만, 그 실루엣은 서파이에게 너무도 익숙했다.

노동팔.
그는 결국 감옥으로 갔다.

식당 안은 별다른 반응 없이 조용했다.
언젠가는 터질 일이, 이제야 터졌다는 듯한 분위기였다.

잠시 후, 화면이 전환되며 '긴급속보'라는 굵은 글씨가 화면 한가운데 떠올랐다.
앵커의 표정도 갑자기 굳어졌다.

"지금 막 들어온 속보입니다."
그의 목소리는 차분했지만, 공기가 묘하게 떨리고 있었다.

북한 김정은의 신변에 이상이 생겼다는 소식이었다. 고도비만으로 인한 심장질환 때문에 사망한 것으로 추정되지만, 북한 당국은 아직 공식 입장을 내놓지 않고 있다는 내용이었다.

TV 하단의 자막이 빠르게 바뀌었다.
『북한 김정은 신변 이상설… 사망 추정』
『북한 당국, 공식 발표 없어』
『고도비만 따른 심장질환 가능성 제기』

숟가락을 들고 있던 서파이의 손이 멈췄다.

그는 조용히 자리에서 일어났다. 식판을 들고 퇴식구로 향하면서도, 뉴스 화면을 힐끗 다시 바라보았다.

혼란스러운 마음을 꾹 눌러 담은 채, 서파이는 조용히 식당을 빠져나왔다.

그날 오전, 서파이는 모니터 앞에 앉은 채 멍하니 앉아 있었다. 한글 문서는 텅 빈 상태였고, 그 위에서는 커서만이 규칙적으로 깜빡이고 있었다.

다른 모니터에는 인터넷 포털 뉴스 창이 열려 있었고, 서파이의 손은 무의식적으로 마우스를 움켜쥔 채 스크롤을 내리거나 새로고침 버튼을 반복해 누르고 있었다.

그는 깊게 숨을 들이쉬며 다시 화면을 응시했다.

속보는 끊임없이 올라왔다.

가장 먼저 눈에 들어온 건 미국 정부가 김정은의 사망을 공식 확인했다는 기사였다.

북한은 여전히 발표를 미루고 있었지만, 미 정보당국은 구체적인 정황을 바탕으로 김정은이 이미 사망한 것으로 판단했다고 밝혔다. 사인은 고도비만에 의한 심장질환으로 추정된다는 내용이었다.

김정은은 사망 직전 김주애를 후계자로 지목했지만, 나이가 어리고 여성이라는 이유로 군부 내 통제력이 거의 작동하지 않는다는 분석이 이어졌다. 이미 북한 내부에서는 각 군부 파벌 간 권력 다툼이 본격화되고 있었고, 일부 지역에서는 무력 충돌이 발생했다는 미확인 정보까지 돌고 있었다.

문제는 그 여파였다. 군부 강경파 일부는 내부 혼란을 외부로 돌리기 위해 남한에 대한 기습 침공을 주장하고 있다는 소식이 외신을 통해 전해졌다. 통제력을 상실한 부대들 사이에서 국지적인 충돌이 일어나 내전으로 번질 가능성도 제기되었고, 이에 따라 주변국들은 대량 난민 발생에 촉각을 곤두세우고 있다는 보도도 나왔다.

중국은 가장 빠르게 움직였다. 신의주 맞은편 단둥 인근에 이미 군병력을 대거 집결시키고, 북한 진입을 위한 초동 배치를 마쳤다는 정황이 포착됐다. 표면적으로는 '평화 유지'가 목적이었지만, 누구도 그것이 단순한 평화 유지라고 믿지 않았다.

남한 정부 역시 미국과 긴밀히 협력하며 대응에 나섰다. 한국군의 전투준비태세인 데프콘(DEFCON)은 1983년 아웅산 묘역 폭탄 테러 사건 이후 처음으로 3단계로 격상되어 준전시 체제에 돌입했다는 국방부의 공식 발표가 나왔다. 전 군의 휴가와 외출, 외박은 금지되었고, 한국군의 작전통제권이 한미연합사령부로 넘어갔으며, 미리 세워 둔 작전 계획에 따라 전·후방 부대가 배치 지역으로 이동하고 있다고 했다.

포털의 실시간 뉴스란에는 속보들이 끊임없이 교체되고 있었다.

『美 정부, 김정은 사망 공식 확인』

『북한 군부 충돌 본격화… 후계 구도 붕괴』

『일부 군부 강경파, 남한 기습 공격 주장』

『중국, 단둥에 병력 집결… 북한 진입 준비』

『한국군 데프콘 3단계 격상… 준전시 체제 돌입』

서파이는 모니터 앞에서 손을 떼지도, 몸을 움직이지도 못한 채 그대로 앉아 있었다.

이제는 단지 임무를 완수하느냐의 문제가 아니었다. 자신이 처한 상황 그 자체가 무너지고 있었다.

그리고 그 무너지는 경계 한가운데에, 자신이 서 있다는 느낌이 들었다.

몇 시간 뒤, 봄볕이 따스하게 내리쬐는 KIRA 옥상.

서파이는 박정의, 최애순과 함께 믹스커피를 하나씩 들고 등나무 파빌리온 아래 앉아 있었다.

"세계 정세는 혼란한데, 날씨는 진짜 좋네."

박정의가 종이컵을 흔들며 중얼거렸고,

최애순은 조용히 "그러네요잉…" 하며 고개를 끄덕였다.

그때였다. 멀리서부터 낮고 무거운 소음이 들려오기 시작했다. 헬기 소리였다.

하늘에서 윙윙거리며 점점 가까워지는 프로펠러음.

"이거 헬기 소리 아니래요?"

최애순이 고개를 들며 물었다.

"어. 근데… 꽤 많은데?"

서파이는 이마 위로 손을 올리고 하늘을 바라봤다.

시야 너머, 네 대의 블랙호크 헬기가 진형을 이룬 채 날아오고 있었다. 일상적일 리 없는 광경에 몇몇 직원들이 옥상으로 올라왔고, 창가에서 구경하는 직원들도 있었다.

"군사 훈련인가? 아니면… 진짜 전쟁?"

"설마 비상계엄인가?"

누군가의 중얼거림이 바람에 섞여 흘렀다.

그런데 헬기들은 단순히 지나치는 게 아니었다. 그중 한 대가 엄청난 굉음과 함께 방향을 틀더니, KIRA 건물 옥상 한편의 헬기장으로 빠르게 접근했다. 회전날개의 바람에 주변 바닥의 종이와 먼지가 사방으로 흩날렸다. 서파이가 들고 있는 종이컵도 심하게 진동했다.

곧 블랙호크 한 대가 KIRA 옥상 헬기장에 착륙했고, 나머지 세 대는 공중에서 천천히 호위하듯 원을 그리며 맴돌았다.

헬기 문이 열리고, 그 안에서 검은 정장을 입은 미국인 한 명, 그 옆엔 한국인으로 보이는 동행자, 그리고 무장을 갖춘 미군 여섯 명이 차례로 내렸다.

정장 입은 미국인 옆에서 통역으로 보이는 한국인이 다가와 물었다.
"혹시 디지털팀이 어디죠?"

"7층이요."
박정의가 본능적으로 대답했다.

그는 곧바로 다시 물었다.
"혹시 디지털팀 서파이 선임을 아시나요?"

서파이가 고개를 들었다.
"그게… 전데요?"

한국인은 안도의 숨을 내쉬듯 고개를 끄덕이며, 옆의 미국인에게 영어로 무언가를 말했다. 정장을 입은 미국인은 고개를 돌려 서파이를 바라보더니, 통역관을 통해 말했다.

"저는 CIA 요원입니다. 지금 즉시, 저희와 함께 헬기에 타셔야 합니다."

"지금요? 무슨 일인데요?"

"헬기 안에서 모두 설명드리겠습니다. 시간이 없습니다."

말투는 분명 정중했지만, 무장은 정중하지 않았다. 주변을 에워싼 병사들의 눈빛도 명백히 '선택의 여지'를 허락하지 않았다.

서파이는 순간 망설이며 박정의와 최애순을 바라봤지만, 곧 고개를 끄덕였다.

"알겠습니다."

그들이 헬기로 걸음을 옮기자, 블랙호크의 프로펠러가 다시 거세게 돌기 시작했다. 박정의는 어안이 벙벙한 얼굴로 걸어가는 서파이를 바라봤고, 최애순은 그 자리에서 굳은 듯 서 있었다.

서파이가 헬기 앞에 다다랐을 때, 최애순의 입술이 아주 작게 떨렸다. 그녀의 머리에는 서파이가 선물한 머리핀이 꽂혀 있었고, 목에는 햇살에 반사되어 은은히 반짝이는 반클리프 알함브라 목걸이가 걸려 있었다.

그녀는 아무 말도 하지 못한 채, 그를 바라보았다.

이유도, 상황도 알 수 없었지만, 그가 지금 떠나면 다시는 볼 수 없을지도 모른다는 예감이 마음 한편을 스치고 지나갔다. 그 순간, 그녀의 눈시울이 살며시 붉어졌다.

헬기는 거대한 바람을 일으키며 이륙했다. 옥상 위 온갖 먼지를 뒤흔들며, KIRA 건물 위로 천천히 솟아올랐다.

최애순은 하늘을 올려다보았다. 4대의 헬기는 점처럼 작아지다, 이내 시야에서 사라졌다.

8층, 최애순의 책상 위.
작은 편지봉투와 붉은 리본으로 정갈하게 묶인 티파니앤코 상자가 작은 종이가방 안에 담겨 있었고, 그 옆에는 라일락 꽃다발이 조용히 놓여 있었다.

그녀가 오늘 저녁,
그에게 전하려 했던 말들과 함께.

헬기 안은 굉음으로 가득했다. 쉴 새 없이 회전하는 프로펠러가 기체 전체를 진동시켰고, 창밖으로는 KIRA 건물이 점점 멀어지고 있었다.

서파이는 제공된 헤드셋을 조심스럽게 착용했다. 귀를 덮는 순간, 마치 세상이 뚝 끊긴 듯 주변 소리가 잠잠해졌고, 헤드셋 안쪽에서만 또렷한 음성이 울렸다.

정장을 입은 미국인은 마주 앉은 서파이를 잠시 바라보더니, 통역관에게 무언가 지시를 했다. 그러자 옆자리의 통역관이 마이크를 조정하고 차분한 목소리로 말을 꺼냈다.

"서파이 씨. 우리는 당신이 북한 출신이라는 사실을 알고 있습니다."

서파이의 눈이 잠시 흔들렸다. 하지만 그는 별다른 반응 없이, 고개만 살짝 끄덕였다.

"당신은 몰랐겠지만, 북한에서 당신의 원래 이름은 김정금입니다. 그리고 당신은 오래전 사망한 북한 지도자 김정일의 아들입니다."

놀라는 서파이의 표정을 뒤로하고 통역관은 말을 이어갔다.

"김정일은 당신을 후계자로 삼으려 했습니다. '금'은 '은'보다 더 귀중한 존재이듯, 김정금 당신은 김정은보다도 뚜렷한 정통성과 상징성을 가진 인물이었습니다.

하지만 김정일이 너무 이르게 세상을 떠나면서 모든 게 바뀌었습니다. 당신은 너무 어렸고, 권력 다툼 속에서 스스로를 지킬 수 없었죠.

결국 김정은이 군부와 실세들의 지지를 업고 권력을 차지했습니다."

서파이는 묵묵히 숨을 들이켰다.

믿기 힘든 이야기였지만, 어쩐지 마음 깊숙한 곳에서는 낯설지 않은 퍼즐이 끼워지고 있었다.

"당신은 곧 숙청 대상이 되었고, 김정일의 명을 받아 당신을 기르던 보모가 목숨을 걸고 당신을 빼돌렸습니다. 몇몇 충직한 이들의 희생과 도움으로, 당신은 평양에서 다른 이름으로 살아남을 수 있었던 겁니다."

통역관의 말은 차분했지만, 그 속에는 분명한 무게가 담겨 있었다.

"김정은은 당신이 이미 사망한 것으로 알고 있었고, 그 덕분에 당신은 무사히 성장할 수 있었습니다."

서파이는 잠시 눈을 감았다가 천천히 떴다. 기억나지 않던 어린 시절의 공백들이, 설명되지 않았던 감정의 단절들이, 지금 이 순간 이유를 얻고 있었다.

"지금 북한은 통제 불능 상태입니다. 김정은이 사망하고, 김주애가 후계자로 지명되었지만 어리고 여성이라는 이유로 군부를 전혀 통제하지 못하고 있습니다.

이미 각지에서 의견이 다른 군부끼리 무력 충돌이 발생하고 있고, 일부 강경파는 남한에 대한 기습 공격까지 주장하고 있습니다."

통역관은 멈추지 않고 말을 이었다.

"중국은 단둥 인근에 병력을 대거 집결시키고 있으며, 러시아 역시 군부대를 국경 인근으로 이동시키고 있습니다. 미국과 남한도 비상 경계에 돌입했고, 상황은 시시각각 악화되고 있습니다."

서파이는 계속해서 통역관의 말에 귀를 기울였다.

"이대로 두면, 지금의 위기는 단순한 한반도 내 충돌이 아니라 제3차 세계대전으로 번질 가능성까지 있습니다."

헬기 소음은 여전히 거셌지만, 서파이에게는 마치 모든 소리가 멀어진 듯 느껴졌다.

통역관은 마지막으로 덧붙였다.

"이 모든 혼란을 잠재울 수 있는 유일한 존재, 북한 내부에서도 받아들여질 수 있는 백두혈통의 적통은 김정금 당신뿐입니다."

서파이는 다시금 천천히 눈을 감았다가 떴다. 창밖으로 흐린 하늘이 펼쳐져 있었다.

그 하늘 아래, 흩어져 있던 기억의 조각들이 하나씩 자신의 자리로 돌아오고 있었다.

운명을 부정하기엔, 퍼즐이 너무 정확히 맞아떨어지고 있었다.

네 대의 블랙호크 헬기가 북쪽을 향해 묵직한 진동을 일으키며 나아가고 있었다.

회전날개의 굉음 속, 서파이는 고개를 기울인 채 조용히 눈을 감았다.

소음은 여전히 거셌지만, 마음속은 이상하리만큼 고요했다.

그의 가슴속에서 짧지만 깊었던 남한에서의 시간이 파노라마처럼 떠올랐다.

신입 연수에서 마주한 위계와 부조리.

쓰레기통에 술을 부어 돌려 마시던 사발식.

노조를 만들고, 해고당한 일.

눈썰매장에서 일하던 겨울.

이겨따를 만나 소송을 준비하던 나날.

경비업체에서의 시간.

그리고 끝내 이긴 복직 판결까지.

하지만, 그 모든 순간보다 더 또렷하게 떠오른 사람은 단 한 명이었다.

최애순.

잔잔하고 따뜻한 전라도 사투리.

고된 연수 속에서도 늘 환하게 웃던 얼굴.

그녀 대신 쓰레기통의 술을 마셨던 날.

다음 날 조용히 숙취해소 음료를 건네던 손길.

함께 구내식당에서 밥을 먹고,

옥상에서 커피를 마시고,

산림연구원에서 바람을 맞으며 걸었던 시간들.

함평에 딸기 케이크를 먹으러 갔던 날.

그리고, 어이요 콘서트에서 손을 잡고 나란히 앉아 들었던 노래.

그녀는 단순히 '좋은 사람'이 아니었다.

남한이라는 낯선 땅에서, 유일하게 마음을 놓을 수 있었던 존재였다.

그러나 그는 끝내 그의 마음을 말하지 못했다. 언젠가 떠나야 할 사람이었기에. 그 마음을 전했다가, 그녀의 삶에 상처만 남기고 가게 될까 두려웠다.

헬기는 북쪽을 향해 속도를 높였다. 서파이는 창밖을 바라보며, 말없이 깊은 생각에 잠겨 있었다.

반드시 그녀를 다시 마주하리라는 다짐을,

마음 깊은 곳에 고이 새긴 채.

TIFFANY & Co.

신입사원 스파이입니다

초판 1쇄 발행 2026년 1월 15일

지은이 알콩달콩 뚱딴지네
펴낸이 이기봉
편집 좋은땅 편집팀
펴낸곳 도서출판 좋은땅
주소 서울특별시 마포구 양화로12길 26 지월드빌딩 (서교동 395-7)
전화 02)374-8616~7
팩스 02)374-8614
이메일 gworldbook@naver.com
홈페이지 www.g-world.co.kr

ISBN 979-11-388-5287-6 (03810)